皇朝背影

——

和谷 著

西安出版社

图书在版编目（CIP）数据

皇朝背影 / 和谷著. — 西安 ：西安出版社，
2020.12（2022.6重印）
ISBN 978-7-5541-5084-9

Ⅰ.①皇… Ⅱ.①和… Ⅲ.①散文集－中国－当代
Ⅳ.①I267

中国版本图书馆CIP数据核字(2020)第248670号

纸上长安

皇朝背影
HUANG CHAO BEI YING

出 版 人： 屈炳耀
著　者： 和　谷
责任编辑： 赵春荣
责任校对： 王　瑜
装帧设计： 邵　婷
出版发行： 西安出版社
地　址： 西安市曲江新区雁南五路1868号影视演艺大厦11层
电　话： (029) 85253740
邮政编码： 710061
印　刷： 三河市嵩川印刷有限公司
开　本： 889mm×1194mm　1/32
印　张： 7.75
字　数： 150千
版　次： 2020年12月第1版
印　次： 2022年6月第2次印刷
书　号： ISBN 978-7-5541-5084-9
定　价： 58.00元

△如有印刷、装订问题，本社负责另换。

序

人生匆匆，留给时光的是渐行渐远的背影。朝代亦然。

收入这本书的首篇《拜谒黄帝陵》，是1981年4月与贾平凹同行，赴黄陵拜谒人文始祖轩辕的感受。当晚宿老家铜川十里铺客舍，记下了此行的踪迹，投寄《散文》杂志，发表于当年第10期。大约在这个时期前后，三十岁门槛上的我，其文学写作体裁渐渐从写诗偏重于散文，一发而不可收。冥冥之中，大概是从史前文明的源头，汲取了一点心灵滋润，开始生长自己的美学理想之树。

到了2003年4月6日，《陕西日报》发表了《黄陵柏的基因》，我以为自己在潜入一棵大树的内心，与知天命的年轮融在了一起。

其实，骑着自行车寻访《诗经》中的公刘，徒步在麦苗青青的周原田野上，瞻仰大秦帝国遗留下的兵马俑，也是二十世纪八十年代初的事情。那时的公刘土陵荒草萋萋，许是被岁月所遗忘，孤寂地躺在源远流长的泾河岸边，伴着日月的流转。周朝的天子陵墓，在后人的猜测中，其陵寝位置也莫衷一是。

选入教材的《秦俑漫笔》之后，应《中国国家地理》之约，从古远苍凉的泥塑中寻找中国男人最早的脸，以启迪现代时尚文化的审美趣味。至于隋唐时代帝陵的踏勘笔记，则是应央视《东方帝王谷》剧目约请之际撰写的，是对辉煌千年、遗恨千年历史的深情回望和苦思冥想。

日出日落，四季轮回，与大自然的规律相依，人类社会文明演进的步履艰辛而壮美。有生有死，生生不息，大地不朽，万类霜天竞自由。一朝一代皇帝去了，他们的故事和那个时代被记忆在史书中，成为当代人取之不尽、用之不竭的精神资源。留在大地上的帝王陵墓，是静态的，任凭后人评说，它们沉默不语，然而却涌动着无形的精神力量，摇撼着后人的心灵。

还是那条九曲河流，带着两岸斑驳的风景，从源头奔流到海。我们看见的流水，是从远古历经多少朝代流来的，是历史的亦是现实的，就在眼前喧哗着，闪烁着光芒。我们为之感佩不已，禁不住赋诗作文，低吟浅唱，或引颈高歌。

你从哪里来，到哪里去？谁在叩问。读者各自有回答，答案不尽相同。这便是历史文化包括帝陵文化的价值和妙趣所在。

和　谷

2020年11月2日

目录 / TABLE OF CONTENTS

你从哪里来，

到哪里去？

谁在叩问。

皇一朝一背一影

HUANGCHAOBEIYING

拜谒黄帝陵

我们的车子，穿过狭长的铜川，便入金锁关，翻苦泉梁，颠簸在黄土高原的沟壑中了。当车子爬上高处的山包时，整个的高原似乎就摆在面前。我觉得好像不是驱车在陕北高原，简直是策舟于气势磅礴的大海了。波谷浪山，扑面而来，满眼却是黄土。金子般闪亮的黄土。偶尔见几孔窑洞，挂在山峁崖畔上。蓝色的青烟，给高原平添了几分诗意。高原呵，敦厚质朴之中，微带着几分粗犷的情调。

蓦地，远处的地平线上闪出一点绿色来。绿得有点儿鲜艳耀眼，绿得有点儿墨黑了。渐渐地，它变成了一大片墨绿的山林。一弯河水如丝如带，环抱着这海市蜃楼般的山峦。是谁，在这黄土高原上失落了这片绿色的手帕呢？如此绝美的境地，确是高原之海的仙岛了。

这里，正是我们前往拜谒的轩辕黄帝陵。

传说，黄帝是我们中华民族的始祖。他是远古时代的伟大人物，姓公孙，名轩辕，号有熊。生于山东寿丘，逝于河南荆山，葬在这山势高峻如桥的桥山之巅。

古代历史文献把伏羲、神农、黄帝称为三皇。"黄"字是农业的象征，大概是以土地的颜色而得名的。在距今五千

黄帝手植柏

余年的氏族部落时期，黄河流域最宜于农业生产。黄帝和他领导的夏部落人民，辛勤耕耘，过着美满的生活。在生产劳动中，他们曾有不少的发明创造推动历史的进程。"文明古国"之誉，一定是从这里沿袭而来的。

我们刚才从远处看见的墨绿色，原来是身边这蓊郁的群柏。有的一搂还搂不住，直耸云天；有的则是臂膀粗细，挽着手臂交织在一起。时值早春，树冠呈紫灰色，泛着点儿绿中微黄的色调，在带着寒意的春风中战栗着，发出嗖嗖的音响。有的只是铜一般的树干，没有枝条；有的则有枝无叶，如飞禽走兽，形态各异。林中的树干上，生满白的黑的苔斑。树皮呢，恰如刀凿的万千竖纹，从干上直扭到枝上去，显得倔强苍劲。抬眼望去，满山遍野的古柏，总有万余株之多，奇态横生，壮观得很。

在古柏丛中攀援而上，实在是清幽极了。空气里充满柏叶的清苦味，似乎置身于琼楼仙阁的香火缭绕之中。四角形的黑色柏籽儿，满满铺了一地，踩上去咯吱吱地响。凋落的针叶形成的腐殖土，却很松软。偶然间，几声敲门似的响声，是啄木鸟在为春天辛勤地劳作着。也好像，是在为迎接客人敲着脆响的鼙鼓。

黄帝陵祭祀场景

　　爬上桥山之巅，便看见黄帝的陵墓了。陵高达丈余，周长约四五十米，为衣冠冢。墓前碑刻着"桥山龙驭"四个大字，是明嘉靖年间立的。碑前有祭亭，亭内竖着的碑子上刻有"黄帝陵"三个苍劲又秀丽的行书字，出自郭沫若的手笔。亭前不远处，有座高数十米的土丘，据说是汉武帝巡朔方还此，祭黄帝所修造的，故立碑称"汉武仙台"。登上仙台，俯察胜景，则见满山迤逦的参天古柏。山下沮水环绕着，解冻的河水边是雪白的正在消融的冰块。通往革命圣地延安的公路，呈黛青色，时隐时现，盘旋着延伸到远处去。

桥山东麓，便是曲径通幽的黄帝庙。庙内碑石数十幢，均系历代祭文和重修碑记，是研究历史和书法艺术的珍贵文物。有一碑文描绘了黄陵八景，曰：

桥山夜月聚风光，沮水秋风透体凉。
南谷黄花开晚节，北岩净石耐寒霜。
龙湾晓雾迷长岸，凤岭春烟接暖岗。
汉武仙台遗世界，黄陵古柏茂穹苍。

由此可见，这里的确是令人心旷神怡的境地，自古以来就赢得了游客的青睐。

这里的庭院里，有十数株巨大的古柏。其最引人注目的是"轩辕柏"，看介绍知道，有五十八市尺高，下围有三十一市尺，俗话有"七楼八拃半"之说，为群柏之冠。树旁立碑称"黄帝手植柏"，五千多年了，无怪乎这般神奇。另一古柏，枝干皆似断钉在内，斑痕密布，纵横成行。柏液由孔渗出，凝结成球，千丝万缕，晶莹发亮。相传是汉武帝巡朔方归来挂甲所致，故名"挂甲柏"。经考察，乃属稀有柏种，实为群柏之奇观。

我们徜徉在这庭院里，亭阁曲廊，花木掩映，似乎令人飘飘欲仙了。真想不到，漠漠黄土高原上，竟有这么个仙境的所在！眼下还不是春游的日子，又是个雾腾腾的天气，游客很是稀少。幽静的花木间，山下隔壁中学的几个女学生在低吟课文。听不出，她们是在背英语，还是在朗诵诗呢？

不知怎么，我突然想起了鲁迅先生"我以我血荐轩辕"的诗句，心情不能平静了。据说每年的清明节，历代的政府机构都派官员以黄帝后裔的名义前来祭扫祖先陵墓。而只有在我们这个伟大的时代，中华民族才有复兴的希望，以无愧于"人为初祖"的轩辕。

早听说这桥山园林处有位老园丁，是从马来西亚归国的老华侨。他已经在这里生活了二十年，从未要求调回南方故乡工作。至今，他的父母还侨居异国。尽管他在这里的生活道路很坎坷，但他是奔黄帝脚下来的，从不后悔，却更加深深地热恋着这块土地。我赞叹，他这黄帝的子孙，一片赤子之情是何等可贵！我一定得找找他去。

漫步在柏林中，我总把这绿色的小岛和陕北高原的"海"联系在一起。远古时候，整个陕北高原曾是古树参天，绿草遍野。由于大气环流和地质变迁，加上兵燹的劫掠，使高原变为干旱、风沙和水土严重流失的贫瘠土地。但是，这桥山林带，却在历史的风雨中幸存下来了。不是有专家设想，把陕北这黄土高原逐步建设成林牧生产基地吗？那肥美的卧马草地是令人神往的。

有这女中学生们的好学精神，有那位归来华侨的诚挚的心，有千千万万黄土一样质朴的老区人民，陕北高原是会变成绿色的高原、绿色的海的。像这轩辕黄帝陵的古柏一样，中华民族，是会自立于世界民族之林的。

1981年4月于铜川十里铺

《散文》1981年第10期

皇一朝一背一影

HUANGCHAOBEIYING

走访公刘的土陵

我们坐在土陵村外的原畔上，俯视着眼底的公刘墓。太阳黄黄的，朗照着泾河宽阔的沟谷，隐隐听得见河水的呼吸。没有岚霭，没有风，蹲在河川之间的古墓冢，同周围的四山默契相顾。借空来彬县(今彬州市)东原上探亲，无意中打听到三十里外的泾河下游岸上有公刘墓，便翻山越岭前来拜谒了。在这远离市镇的僻野，一切都静物似的肃穆寂寥，唯有一群绵羊云团似的游到眼帘里来，咩咩地洋溢着活气。一老一少的牧人，也顺着原畔徜徉而至。

"是来看人祖爷墓的吧？"老牧人倚着我们身边的土坎蹲下来，像是自言自语，"有个老知识人来墓上看过，还点了香，烧了纸。他像是姓公的后人来为老先人扫墓，鼻涕眼泪地走了。这已是几年前的事了。"

牧童见爷爷同客人拉话，便去坡上扑蝶采花了。老牧人听说我们专程赶来，一种作为这块土地的主人的自豪感显于眉端。

"笃公刘，匪居匪康。"老牧人蓦地吟出此诗，使我不禁一怔。这是《诗经·大雅》中《公刘》一章的首句，是说好心的公刘，他不敢安居，只顾忙碌劳作，歌咏公刘迁豳的业绩。我回忆诗句的出处与老牧人对证，像面对着一位老学究。

老牧人说:"我是从爷爷那里听来的,爷爷是从他爷爷那里听来的,不知流传了多少年啦。远古时候,土陵村的人家都是一个祖先,是公刘墓的守陵人。土陵村的人,都是守陵人的后代,有好文、喜武、爱稼穑的遗风。"

"公刘是真有其人,还是传说呢?"

我的问话,引起老牧人的话题。"传说又怎么样?你们这些读书人呀!"他有点不以为然,于是搬出公刘的履历来。远古的姜嫄圣母该听说过吧,彬县城东有她的墓地。说姜嫄到村野里踏了巨人的脚印,因而怀孕生了后稷,还以为是不祥之物给抛弃了。野兽鸟虫都不伤害他,就又捡了回来,起名"弃"。这后稷很聪明,喜欢种树麻菽,教民耕稼技术,帝尧举他为农师。而公刘,就是后稷的曾孙。周文王的十代祖先。

老牧人说,远古时候,公刘的祖父丢了官职,出奔到了这地方,而后传至公刘。公刘厚于国人,不图自个安居,忙于修田、收谷。带上弓箭盾牌,长戈板斧,和大伙出外打猎。在这块平原旷地里,人们越聚越多,有房住,用瓢舀着喝酒,有说有笑,过着好日子。公刘还带人远渡渭河,采来磨石,搬来锻石,坚固房基墙角,一直到芮水湾的皇涧两岸，都住满了公刘的部落。豳人的土地宽广富饶，周民族由此逐渐振兴起来，因此受到人民的颂赞和后世的怀念。

"怪不得修了这么大的坟墓！"我感叹道。

"这坟墓的讲究还多呢！"老牧人指点着说，这墓冢远看是座土丘，站在墓前，它简直是一座高到天上的大山。在墓顶走一遭，得大半晌。这是"珍珠串线""金盆养鱼"之穴，一座座山包是珍珠，低低的土岭线一样串过来。泾河上下，这一块最宽，恰似一座金盆，而墓冢又是一头大一头小，像一条鱼。这带庄稼人，几千年了，埋人的坟墓仍仿照公刘墓的形状，而不像渭河边的人，坟墓都像唐王陵似的，又圆又尖。

老牧人指着岭南的小山包，说是埋葬公刘时，人们从关中取土，人山人海，陵上土够用了，运土的人便将土倒在路边，堆成了土丘。说临河的墓崖下有个渡口，叫石桥头。对岸山石壁立，唯山腰平处，有垄两座，形状很奇特。旁边有一股泉水，日夜流唱。传说公刘死后，他的两个女儿各用衣襟包土，还携着酒壶，欲渡河封土祭奠。适逢泾河涨水，不能渡河，只好将土就地倾倒，将酒洒在地上，隔岸号哭。哪知第二天，抔土长成土垄，泪化作泉溪，一直到今天也没有枯竭。

"再往远处看，这山山峁峁沟沟壑壑，都与公刘墓有关系哩！"老牧人神色飞舞，话语一放而不可收。他说长岭是一根根旗杆，山原便是旗帜。他说远处的山，有虎山、龙山、龟山、蛇山。他说那些沟峁，有十八罗汉、七十二将。千山万岭，都似乎以公刘墓为轴心，而显示着他们的生命力。而墓上生长的仙草奇花，据说李时珍《本草纲目》中的"土陵枳木"，正是说公刘墓特产的。如今看去，陵山已经成为一座杏梨桃梅俱有的花果山了。

当我初识眼底的景物时，一切都是静物，而且那么遥远。经老牧人这番话的指点，山川草木都真的活了起来。夏日的原野，黄的麦田，绿的草坡，紫的苜蓿花，是这般多彩，多情！先祖所长眠的这块风水宝地，拟人化的演出着令人悸动的神话。骚动的充满活力的这一方世界，有多少诗，多少画，多少灵气啊！尽管，它是一座土陵，一座被遗忘在僻野的荒山，一座残存于史书和民间传说中的墓冢，一座与众山连接的山丘而已。可这里，有我们的根。

这种启迪，是守陵人的后代告诉我的。

我忽然发现，牧童不知什么时候已围拢来，入迷地听故事。羊儿也云团似的泊在了周围，也是在听这远古而现实的故事吗？看羊儿那吃得圆圆的肚儿，是该归去的时辰了。老牧人邀我们去他家里做客，朗笑着说："别见外，咱都是人祖爷公刘的后代，是不分家的，快回村里去吧！"

《陕西日报》1985年5月30日

我的心呀在周原

《诗经·大雅·绵》：周原膴膴，堇荼如饴。

时为暮春，草木葱茏，太阳热烘烘地照着渭河北岸苍茫的沃野。这一天，趁在扶风勾留的机会，我曾去周原作短暂的拜谒。按说，也确实是没有什么景观，别说是山光水色，亭台楼阁，就连一块作为标志的碑石也没见到，但正是在这阔大的台原上，我深感已经踏进周祖所生活的远古世界，而潜心于悠悠的追怀之中了。

这里是关中平原的西部，其地貌，正从缩窄闭合状态的宝鸡一带伸延过来，向东愈低愈宽坦。而整个原面，则由北山向渭河倾斜，以数十米或近百米的陡坎与阶地相接，呈现一块一块的梯形。深深湍流着的渭河，被枕在塬畔之下了。这块原野所依附着的，是峻峨的岐山山脉。天，蓝蓝的，没有云彩；山，也蓝蓝的，恬静而肃穆。原野上，是熏风掀动着秀穗的幽暗的麦田与微微发黄的敛籽的油菜，以及一处处烟树里的村落和土路上戴草帽的行人。这里的一切，都给人以安温僻静之感，却又于自然无华的风景里，蕴含了一种古拙而鲜活的情调。

怎么可以想象，三千年前的周人就在这块原野上生活的呢？就是一览无遗的这一块岐山山下的土地，曾使一个小部落成为初具规模的小国，封建制度开始萌芽，继而开辟了一个大朝代的呢？我寻访过公刘迁居的豳地，在位于泾河峡谷里的山一样的公刘墓前踟蹰过半日。在那沟壑纵横的山野里，公刘这位农神后稷的子孙，由邰迁豳，改善农业，颇有蓄积，得到了国人的赞颂。从追述周先公时农事的《豳风·七月》中，可以推想周先公是如何重视鼓舞农夫们的生产兴趣，以增强生产力，使部落兴旺起来的。到古公亶父手里，是由于无力抵抗戎狄侵略，率家室和亲近奴隶迁居这岐山下的周原的。当时，豳和其他地方的自由民，说古公是个仁人，扶者携幼都来归附，人口比居豳时更多。拿什么供给这些归附人的衣服食物呢？在戎狄威胁下，古公为缓和内部矛盾，采用了商朝原有的助耕制，使新的封建生产关系在周国里成为主要的生产关系。也就在周原这块肥美的堇菜苦菜都像糖一样的土地上，划田分地，挖沟泄水，繁衍生息着农神远祖的子孙。这一切，我只能凭借历史的记忆而知晓，而脚下的土地，眼内的景物，难道就不能说明什么意义，不能告诉给我任何东西吗？

在这里的一个文物管理所里，我惊喜地看到了那遥远时代的遗物。这种惊喜，有对于历史的盛衰荣枯之感慨，有对于古代文化的敬仰与钦慕。掘自于周原地下的青铜器，其历史之久、数量之多，为世界所罕见。周人由幽迁岐之后，其政治、经济、文化活动的中心，即今岐山县东北的京当和扶风县北的法门与黄堆交界处。这里的地下埋藏着极为丰富的周代文物，简直是一个贮藏西周青铜器的宝库。往往不是一件两件，一发现便是数十件、上百件的窖藏铜器群。清光绪年间，扶风任家出土这著名的毛公鼎、大小克鼎和卫鼎，这窖铜器多达一百二十余件。近在1976年，扶风庄白村发现窖藏铜器一百零三件。其中墙盘为恭王时器，铭文近三百字，叙述了微氏家族的业绩，奉献出了宝贵的西周史料。历史，远去了，而远古时候的遗物却存在于今人的眼前，邀得过往观客的匆匆一顾，使你琢磨人类童年时代的价值。那静默的遗物，似有青铜的铿锵声韵，以巨响回荡于天地之间，震慑着后人的心魂。

透过放大镜，我看清了甲骨文上的字样。这就是《诗经·大雅·绵》中所说的"爰契我龟"吗？刻在龟板上的果真是神的主张吗？用烧灼龟甲来占卜，看龟甲上的裂纹来断吉凶，又把占卜的结果简单记述在甲上，这当是我国较早的

田野上的背影

文字。这些发黄的龟甲下的象形字，记述了怎样的吉祥与厄运呢？那背面烧灼的焦黑的痕印，像有火星在飞进，给你一种异常神秘的感觉。

在这里，也可以看到周人在屋脊和天沟处使用过的瓦，也当是我国迄今发现最早的瓦。同时，也有草拌泥和纯黄土夯打的土坯，即砖的前身。墙面和屋内地面皆用黄土、沙子、石灰搅拌的三合土涂抹，其坚硬性犹如水泥。考古专家们根据岐山县京当凤雏村一处建筑遗址，用科学的想象，为我们描绘出一幅三千年前的一座宫殿的复原图。房屋坐北朝南，其平面布局完整、壮观，结构谨严。以景壁、门道、中院、大厅、过廊为中轴线，东西两边有厢房，其间均有回廊，并有台阶通向院子，檐柱、廊柱和屋柱都排列得井然有序。有阴沟排水管或明槽，排水设备十分合理。而扶风黄堆齐家村单个建筑遗址，房子则很狭小，显然是西周平民住过的地方。在这一方原野上，很有布局地分布着制骨作坊、制铜作坊、制陶作坊以及墓葬区，形成了一个规模宏伟的西周邑城。由此可见，我国传统建筑的风格，是如何源远流长。

从《诗经》的一些篇章可以想见，古公亶父是怎样在荒僻的周原上筑城郭室屋，拉绳栽桩，填土削墙，立起王都的郭门，建起大社坛；并如何以邑为单位居住归附人，改革戎狄旧俗，设立官司，形成了一个粗具规模的周国，继而强大到足以剪灭大国商的。往事越千年，历史如此无情，到哪里去寻找西周京城的踪影呢？在召陈村，我看到的是一片被刚刚填过遗址的平地，只有一根细棍标志着方位。遗址的周围，是一望无际的绿色海洋。村落，则如岛屿般静静地泊于其间。寂灭了的周祖古公的业绩，与眼前的风景置于一处，是多么令人感叹啊！

我被一阵激昂的鸡啼所吸引，那是正午间村舍里充满生气的歌。炊烟随之升腾起来，在屋脊与树梢间相挽，弥漫了田园。从田野归来的人们，赶集归来的庄稼人，以及骑车子双双疾飞的青年男女，在绿野间的黄土路上过去了。鲜艳的红的衣衫或亮丽的白的背心，点缀着这绿的原野的色调。这使我想起西周的那些生活歌谣，女子如何求偶，盼望求婚的男子及时而来，别等到青春消逝；或是征人还乡，在细雨蒙蒙的路上如何想象恢复平民身份的可喜，想象那可能已经荒芜的家园和正在思念他的妻子，而带着急切的盼望和几分担心憧憬那久别之后的重逢。哦，远逝了的情景，已融化在眼前暮春的风物中了。这时候，我的心呀，也融入了这苍茫的雄沉的古原，而低回留恋，不忍遽去，仿佛回到自己的故园一般。

《旅伴》1986年3月

皇一朝一背一影

HUANGCHAOBEIYING

秦俑漫笔

依傍雾岚氤氲的骊山，岿然屹立于临潼县（今临潼区）东约十里处的山丘，便是秦始皇帝陵。据明都穆《骊山记》载，"始皇陵内城周五里，旧有四门，外城周十二里。"可以想见始皇陵园如何亭阁起伏，庭探廊回。今春三月，我们陪北京几位作家驱车至此，只见得陵巅桃花嫣红，且登临远眺，烟树中有明腻如带的渭水蜿蜒东去。

其实，我们是冲着闻名遐迩的秦俑来的。固然，司马迁在他的《史记》里记载过："始皇初即位，穿治骊山。及并

骊山风景

天下，天下徒送诣七十余万人。穿三泉，下锢而致椁。宫观百官，奇器珍怪，徒藏满之。令匠作机弩矢，有所穿近者辄射之。以水银为百川江河大海，机相灌输。上具天文，下具地理。以人鱼膏为烛，度不灭者久之。"可后来呢？据郦道元《水经注》记载"项羽入关发之，以三十万人三十日运物不能穷，关东盗贼销椁取铜，牧人寻羊烧之，火延九十日不能灭。"如此赢得了古今中外学者及文人骚客浓重兴趣的帝王陵墓，经"楚掘牧焚"之后，还残留下什么？陵内的秘密何在？皆属众说纷纭，成千古之哑谜。庆幸的是1974年在陵东侧发现的规模巨大的兵马俑坑，倒是可以窥其陵内构造之一斑。不仅如此，它为研究中国古代政治、文化、军事、冶金术及秦代历史提供了最真实的资料，同时对于研究秦代美术史，尤其是雕塑艺术的价值更堪珍贵。秦俑的发掘，是以20世纪最壮观的考古发现而震撼了世界的。

驱车至始皇陵东侧约三里处，便是建筑宏伟的秦始皇兵马俑博物馆。记得几年前初闻传奇时，我夹杂在"先睹为快"的人群中，踏着漫道荒草光顾过发掘现场，那还是一片开满野花的柿树林子。可此时扑入视帘的，竟是巍然的现代化钢结构展厅和仿古的楼阁庭院。也许春游季候的缘故，不同肤色的游客竟然成千上万，不是络绎不绝，而确是摩肩接踵了。

步入展厅，伫立于东端土台上，可纵览兵马俑坑全貌。尽管大部坑道还尚待挖掘，仅眼前已清理出的数千件兵马俑，也足以使心灵为之震颤不已，而叹为观止！

据说，此位于秦陵东侧的兵马俑坑，象征着秦始皇生前驻扎在京城外的宿卫军，用来拱卫陵墓之阴间世界。它按照战国至秦时期的临战队形而布置，观赏者稍抖动想象之翼羽，似见秦国兵强马壮，横扫六合，北却匈奴，南平百越，海内唯一之威武之景。俯视庞大军阵，武士俑或做前锋横队面东，或做侧翼各面南北，或做后卫面西，或为主体战车与步兵相间排列，皆呈肃整队列，堪称组织严密。武士俑身穿战袍，或披销甲，手执青铜兵器，战马则昂首嘶鸣，蹀蹄欲行，军容凛然，大有待发之雄势。

细观武士俑雕塑，其造型粗拙而细腻，且明快逼真之至。其身高一米八至一米九七，数千尊则体形、容貌、姿态、表情各异，透露出性格、心理特征及职责的差别。有的免盔束发，有的戴长冠或软帽。穿战褐者多挽弓挟箭，披铠甲者则执矛秉戈。腿扎引滕或护以胫缴，足登勾履或合靴。观其发髻细致入微，铠甲则坚硬，战袍则轻软，皮带则柔韧，衣褶则飘逸，浅履上的带扣也皆惟妙惟肖。给人以雕塑的审美之喜悦的，是"在移动视线的时候，发现这座雕像的各部分就是先后连续的时间内的姿态"(《罗丹艺术论》),使人从静态的雕像上仿佛看到了它的运动。且看,陶俑有的肃然劲立,目视前方,辫发短须飘逸着一种昂然意气;有的则凝视沉思,眉宇间蕴藏着智慧和力量;抑或是神态自若,面带笑容,寓坦然的必胜信念而临敌;抑或是横眉冷对,风度凛凛;抑或是络腮起翘,双颧突出,显得爽朗豪放;抑或是眉清目秀,拘谨羞怯;抑或是体态端庄,沉静刚毅,雄姿英发,机警敏捷,而神情各异则不胜尽述。跪射俑,右腿跪地,左腿弯曲,双手在右侧作持弓弩状,身稍侧转,直视前方,疑似弓弦震颤,十皮羽箭嗖然飞向敌营;骑士俑,则着窄袖战袍,齐腰短甲,头戴皮帽,足穿长靴,右手牵马,左手提弓,十分机警地挺立于鞍马左侧,似乎一瞬间,即跨上战骑,奔驰疆场,顿时杀声鼎沸,血溅烟尘。我国古代雕塑艺术匠师将高超的造诣,赋予了这些雕塑艺术精品,堪称中国艺术宝库之明珠、世界艺术史之壮丽一页。

欣赏剥开坍土而露出真容的兵马俑固然感叹,当我们绕过陶俑林立的坑道,观瞻正在挖掘中的"初露头角"的陶俑时,却更是驰思不已,顿生雄沉悲郁之慨。俑坑原系一座地下坑道的木结构建筑,底部铺有青砖,上有粗大梁柱等构成屋架。此可能为项羽所焚塌陷,有严重火灾痕迹的炭灰布满坑内，陶俑有的呈红色，其支离破碎之状，令人顿发思古之幽情。有的倒伏，有的仰卧，有的三五相依，有的双双为伴，断臂的、破头的、少腿的、胸部开裂的，形态各异。愤然的、悲怨的、忧虑的、壮烈的兼而有之，使人心灵震撼，眼湿肉跳。这除了古代雕塑大师的杰作之外，还有历史的沉淀和灾祸给予的自然的加工，才使人倍觉其悲壮气氛。此刻，春日艳阳透过高处透明的屋顶，正穿织在空旷的厅内，投抹在这"古战场"的废墟之上，残破的陶俑武士与马、黄

兵马俑

褐色的坍土、黑色的炭灰，取得了协调的效果，使艺术美和自然美如此地相映成趣，简直让我们有些不愿离去了。

踏进陈列室，却是别一番情形。玻璃箱中，陈列着兵马俑坑内出土的青铜兵器，计有吴钩、矛、剑、戟、戈、驾机、铜镞等。这些青铜兵器，据说经电子探针及质子爱克司荧光分析，其中剑表经过铬化处理，既带毒而且还有防蚀抗锈之功能，埋藏地下两千多年之久，仍然寒光凛然。其工艺技术，堪为世界冶金史上的奇迹。陈列的陶马，高一米七，身长两米余，昂首耸耳，雄悍潇洒，无不剪鬃缚尾，衔镳张口。据说系今甘肃河曲马仿塑，腿短个小，虽不能长跑，却很能爬坡，属良种战马。且看它们蹀蹄嘶鸣、神骏欲驰之态，不能不被我国古代雕塑艺术的精湛所倾倒。未能看到陕西发掘的两组秦代铜人铜马铜车等稀世罕见的珍贵文物，甚是遗憾。听说它是我国考古史上发现的时代最早、体形最大、保存最完整的铜质车马，可能是属于秦始皇的后妃所乘的车，车子的门、盖均为薄铜板，绘有流云和几何形彩色花纹。

挤出拥簇的人流，我们驱车前往华清池。秦俑的美的雕塑，使人难以忘怀。据说，法国总统希拉克曾光临此地，称誉秦俑为世界第八奇迹，美国国务卿基辛格则赞叹秦俑的神奇是世界上独一无二的。据说，在全世界的旅游业中，已兴

铜马车

起一股"秦俑热"。

　　傍晚，归古长安慈恩寺侧陋室，余兴未消，且整理手记于灯下，是以为记。

皇一朝一背一影

HUANGCHAOBEIYING

秦二世之墓

去古长安的曲江池遗址寻访乡人仰慕的寒窑，得知秦二世胡亥墓就在近处，便趁春末的夕阳去领略其间的意味。

进城去的乡人开始归来，郊野的大道上便是一种匆匆的行色。路在此处开始拐弯上坡，伸延到曲江池畔的土原上去。托着沉重行囊的车子在坡前滞缓起来。拉骡子挂坡的驼背老人等来了生意，从岔道旁的茶亭小凳上站起，解开牲口缰绳，向坡前踏来。我喝完一碗泥腥味很重的茶水，又看了一眼用红漆画在树干上的箭头标志，踏上田间的土路去访秦二世的幽魂。

秦二世墓碑

皇朝背影

　　这个被历史冷落的人，依然被今人冷落。去墓园的路仅一车辙宽窄，且有深深的辙印，似乎直通往一处砖瓦窑。眼前的土原高高隆起，当是大唐紫云楼的遗址。借着它的厚重的根基，乡人取土作坯，烧造砖瓦，让历史的根底跃上城中最现代的高楼大厦。岔过一条小路，皆是一处处坍塌废弃了的破砖瓦窑，疑为旧的堡垒，满目疮痍。有现代流行歌曲的复制带在噪音十足的录音机上旋转。闻声前去，即台阶，即门楼，即秦二世胡亥墓了。

　　寂冷的一隅，被现代噪音所充塞，愈是这样愈显寂冷。寂冷得仅有一个卖门票的小伙子，像某种小生意的摊点一般。园里花很好，因为土地很肥沃，因为气候雨水很好。冷清益于花草的生命。建筑物很民间，只是蹲在殿前的一头破损的石兽让人顿觉狞厉之美。所谓的殿，叫作展室更好。有塑像，有图文，讲秦代的兴衰。拐到殿后，即可看见立有碑石的小土丘，杂草丛生，多为酸棘刺，峥峥嵘嵘，掩着一个二十三岁的皇帝的残冢。

　　尽管游人罕至，但还是踏白了一条小径，直绕到土丘之巅去。踩上去，便把皇帝踩在了脚下。史传秦二世胡亥，昏庸无能，在位三年，结束了不可一世的大秦王朝。始皇企图占有空间和时间的极限，却仅传至二世便灰飞烟灭了。始皇死于沙丘，李斯秘不发丧。后假诏使扶苏、蒙恬含冤千古，胡亥袭皇位，赵高进为郎中令，李斯则保住了丞相之位。二世受赵高谗言，大举屠杀大臣及诸公子。随后陈胜、吴广、项梁、刘邦起兵，统一了的国土复于战乱，齐楚燕韩赵魏东方六国各立为王。赵高欲乱，牵一鹿献给二世说："这是一匹好马。"二世笑道："丞相误邪，指鹿为马。"问群臣，有言马言鹿或默然者。凡言鹿者均被赵高所杀，进而逼二世一死。

站在土丘之上，东望即秦始皇陵，那里的兵马俑坑人潮簇拥。西北望去，是列峙的汉陵、逶迤的唐陵。东南近处则可见汉宣帝杜陵。相形之下，位于秦汉上林苑、隋唐芙蓉园的这一方墓园实在卑琐得可怜。眼前的曲江池早已干涸，江头宫殿化为砾土，柳为谁绿，唯桐花如血怒放得粲然。近处是田畴村落，夕阳西下，炊烟袅袅，古风栖处的原野依旧是生命的欢歌。

独自进得墓园，独自走出墓园。总把现代流行歌曲的噪音当作历史的挽歌。郊野大道上人流稀少了，老妪的茶亭已经收摊，归去城里的班车也赶不上趟了。

《人民日报》（海外版）1991年2月24日

皇一朝一背一影

HUANGCHAOBEIYING

寻找中国男人最早的脸

秦朝留给我们的遗产中，最生动最完美的，莫过于兵马俑的脸。当我们从封闭的墓穴中，取出一张张躲过两千两百多年岁月磨蚀的陶制面孔时，我们感到一个沉睡的意识正在被唤醒：那是一种源自东方的古老感动，正如当我们面对一位可以称之为"美"的中国男人的时候，我们在灵魂深处所感到的那种轻微跳动。

在时下流行的杂志封面上，在目光所及的广告影像中，无不充盈着一张张当代美女的脸，同时，也少不了俊男的脸。尽管女人脸比男人脸占有的份额要高，但并不等于男人是被放弃关注的。在几千年相对男权化的社会生活中，男人的脸、男人的扮相，不论从哪个角度讲，都是一个十分有趣的话题。

于是，一个来自遥远时代的面孔，愈来愈清晰地出现在我们的眼前，这便是秦俑。我们和它们，穿过两千多年的历史风尘，两两相对，终于找回了中国男人最早的脸。朴素、宏阔、刚毅、俊朗，使如今一切浮浅、奢靡、卖乖、作秀的面孔相形见绌。中国男人味的脸原来是可以从秦人的遗传基因中找到原始版本的。

脸长得什么样子，有种族、家族的遗传基因，有繁衍过程中的变异，也有后天精神气质的陶冶。作为审美对象，尤

单人兵马俑

其作为类型的划分，中国男人形象的标准是什么，又是谁最早制定了这个标准，它又是如何演化的？

中国有一种面相学和鉴人造型理论，说人的脸形可以汉字形态归为八种：国、用、风、目、田、由、申、甲。元代人称"八格"，清代人称"八字"。所谓"相之大概，不外八格"。

在常人看来，这是擅于相面的卜卦知识，是一种古老的游戏，但在今天也有不小的市场。作为卜卦，有封建迷信的欺人之谈，而作为人的生物学、解剖学说，它是有丰富的科学内涵的。秦俑的脸型，让我们看到了这种传统的来源。

专家王玉清将秦俑的脸面轮廓也列为八类："目"字形脸，头形狭长；"国"字形脸，方正稍长；"用"字形脸，额部方正，下巴颏宽大；"甲"字形脸，额部和颧骨处宽度接近，面颊肌肉显著内收，下巴颏窄尖；"田"字形脸，面形方正；"申"字形脸，颧骨处宽，额部较窄，下巴颏尖；"蛋"形脸，额处宽，下巴颏尖，脸上肌肉丰满，其轮廓线如同蛋形；"由"字形脸，额部较窄，两颊和下巴处宽。

秦俑面部轮廓，以目、甲、国字形脸最多，申、由字形脸最少，说明秦代和现在人们的面部轮廓基本上相同。秦俑的面貌，也有美、丑，胖、瘦，年轻、年老，常见型和罕见型的区别。

在中国古代相法或鉴人术中，按人面部的形状和颜色，归纳为金、木、水、火、土，所谓五行；也有用字形来区分人像类型的。这便被民间雕塑艺人所沿用，颜面的基本造型除上述的八种之外，也有十个字的说法，多了"自"和"日"字形。不同的脸型，构成各个形象的特征。

秦俑学的研究成果表明，宽额、厚唇、阔腮，纯朴憨厚，多是出身于关中的秦卒；圆脸、尖下巴，神情机敏，似出身于巴蜀；高颧骨、宽厚耳轮、眼睛不大、薄眼皮，结实，强悍，像是陇东人。秦军的主要成分，是来源于关中地区的秦人，杂有其他地区的成分。秦兵主要是从农民中抽拔的，今天我们看到的是两千多年前秦代耕战之民的真实原貌。秦俑面部彼此间有不少显著区别，这是我国各民族在生理上的特征，但要完全分清其特征一定属于某一个地区的民族，几乎是不可能的。汉族人口众多，也是长时期内许多民族混血形成的。秦俑的脸型、胖瘦、表情和年龄有差异。这与俑群的制造出自多人之手有关，更与秦军来自全国不同地区有关，比如陕甘、两湖、四川、齐鲁、三晋、江浙等，各地区人的身高、脸型、风度都有差异，尤其在世代居住在一个地区的农民身上更为明显。秦国兵源来自全国各地，是其体格和面孔差异的主要原因。

我们说秦武士俑官兵形象的塑造出之有据，一是指立有战功的将军，二是指秦国各地的少数民族。在秦国，除汉族的前身华夏族外，还有戎、狄、羌、胡、巴、蜀、冉、白马氏、夜郎、蛮等少数民族。按秦的兵役制度，男子17岁就到了服兵役的年龄，少数民族也不例外。但从秦俑的貌相看，绝大多数不是秀骨清像的南方人，更多的是阔面、高颧、大耳、方口厚唇、体魄高大的西北人。

工匠们用写实的艺术手法，把它们表现得十分逼真，惟妙惟肖。在这个庞大的秦俑群体中，包容着许多显然不同的个性，使整个群体更加活跃、真实、富有生气。

但秦俑一直到现在，对于懂得艺术语言的一切人来说，它所制定的中国男人标准化的审美形象，仍然是崭新的。它不是俑文化的童年，而是在一开始，就为汉唐后世提供了可以继承光大的艺术遗产。

在中国男人最早的审美形象中，秦俑是有草创的标本价值的。在其最朴素也是最宏阔的构造中，带有生气和动态，具有那个特定时代完美的秩序和迷人和谐的魄力。

有一首当代民谣说道："八百里秦川尘土飞扬，三千万老陕齐吼秦腔，咥一碗燃面喜气洋洋，吃饭没辣子嘟嘟囔囔。"这简直是对秦人秦风的生动画像。

多人兵马俑

从秦俑演绎过来的当代秦人，中国男人的形象、品格和精神，又该是什么样子呢？有人说，中国人没有上帝，只有祖宗。人法地，地法天，天法道，道法自然。天人合一。陕西人，秦人，是热爱家乡的人，是守候家园的人。

在一般的概念中，男人是有胡须的。胡须像头发一样，它是人的面孔的一部分。它本来就有不同形状的根，自然地生长出来，只是在剃与不剃、留与不留，蓄怎样的胡须样式上，装饰并改变着人脸的形态。现在，中国大多数男人的胡须是愈来愈少了起来，一般是很少蓄留的，总是长了就剃，所以剃须刀和剃须泡沫业的生意大为兴旺。而在现代城市里，留胡须的男人大多是一些追求个性的人，他们大多是一些艺术、娱乐、文化消费圈等的从业者和爱好者。有的是职业的需要，有的是不情愿淹没在大众化的潮水之中。城市之外，尤其是乡野之风遗存的地方，传统的胡须还经久地保留在男人的脸上。它是长者的标志，是一种尊严的象征。

中国男人的脸的类型是多样的，那么它的美也是丰富多彩的。如今，我们所读到的中国男模的脸、传媒广告中俊男的脸，流行风中对男孩形象的欣赏标准，在外来海风的拂拭下，已经悄悄地发生了突变。一个显著的倾向，是已经少有东方民族文化审美的魅力了。在日常生活里，什么样的男孩美貌，什么样子是帅，什么样子是俊，什么样子是所谓酷毙，也多是随波逐流，邯郸学步。于是，男人少了阳刚，多了阴柔，慢慢地雌化或中性化，男不男女不女的，便可以确认为一种先锋、时尚，前卫于目下中国男人的审美标准。中国男人形象之美，在人们的时尚和审美意识中，是一种追求过程中的求新求变，也同时是处在一种盲目、犹豫、徘徊的状态。

回归秦俑，可以说是当今中国男人形象的基点，或者说是驿站。我们从这里找到了最早的规范和标准的源头，然后向前走，去发展，去创新，去英俊，去美。

皇一朝一背一影

HUANGCHAOBEIYING

渭城朝雨秦汉风

渭城

丙申年农历五月，夏至刚过两天，与文朋们同行应邀前往秦汉新城采风。由三爻赶到曲江，再西北行过了渭河至目的地，一路伴随的是酣畅淋漓的夏雨。清爽宜人的雨水，消散了渭河两岸麦收时节的暑热，天地万物连同每一片翠绿的草木都湿漉漉地泛着光亮。天气晴朗固然也好，遇上清凉的雨天，融入兴建中的现代市景而发一番思古之幽情，何尝不是一桩快意之事！

从示意图上看去，秦汉新城位居西咸新区中心地带，仿佛一只羽翼初丰的雏燕。目光所及，应该是可以望见汉代渭城故城遗址的。新也罢，旧也罢，旧与新是相对而言的。秦末，项羽火烧咸阳，大火三月不灭，汉高祖于秦咸阳北区设立的当名曰新城。到了汉武帝手上，改新城为渭城。眼下，我等所踏上的是秦汉新城，其实也是回归了刘邦圈定的那个新城不是？

常言道喜新厌旧，因为日出日落，每一天的太阳都是新的。

说到渭城，又恰逢打湿脸颊的漫天的雨水，不免让人遥想到唐代诗人王维。这位状元郎，也许是看不上落榜而靠

"干谒"为皇上吟唱清平乐的李白，二人同龄却终生未交集过。之后做过伪官，运气还好，临了半官半隐归了辋川。王维写了不少诗，能让今人留在唇边的好诗，《送元二使安西》算是其中的绝响。作为丝路首站，渭河边的长亭乃西行客的送别之地。"渭城朝雨浥轻尘，客舍青青柳色新。劝君更尽一杯酒，西出阳关无故人。"据此为《渭城曲》也好，《阳关三叠》也罢，断肠声里无限叠，尽管以后演绎了无数版本，到头来还是原创艺术品质最佳。

汉渭城故城遗址，位于司家沟村南部，城址地表散布有绳纹瓦片。土地不老不旧，墒情适宜，仍可以生长出一座时尚新城来。

秦汉

在秦汉新城的雨中徜徉，不由得联想到，关中自古帝王都，如此新城从周秦汉唐掐头去尾，舍周和盛唐，撷取了其中二字，强秦雄汉，是夯得够结实的。

秦，是战国之后中国历史上第一个大一统王朝，传三世，两帝一王，国祚仅十四年。溯源而上，秦国为周朝的一个诸侯国，秦始皇攻灭六国，西周的世卿世禄制度一去不复返，推行车同轨、书同文、行同伦统一文化风俗，奠定了中央集权制国家的基础。

我曾应《中国国家地理》之约，写过一篇《寻找中国男人最早的脸》，其中说道："中国男人形象的标准是什么，又是谁最早制定了这个标准，它又是如何演化的？"秦俑，是中国男人最早的脸，"朴素、宏阔、刚毅、俊朗，使如今一切浮浅、奢靡、卖乖、作秀的面孔相形见绌"。说当下的秦人张艺谋、陈忠实是兵马俑，初听似有点贬义，可越琢磨就越觉得是褒扬，不够展脱化为个性十足，沟壑纵横化为饱含沧桑，中国男人味的脸原来是可以从秦人的遗传基因中找到原始版本的。人的脸形可以汉字形态归为八种：国、用、风、目、田、由、申、甲。元代人称"八格"，清代人称"八字"。所谓"相之大概，不外八格"。秦俑学的研究成果表明，宽额、厚唇、阔腮、纯朴憨厚，多是出身于关中的秦卒。圆脸、尖下巴，神情机敏，似出身于巴蜀。高颧骨、宽厚耳轮、眼睛不大、薄眼皮，结实，强悍，像是陇东人。秦国兵源来自全国各地，是其体格和面孔的差异的主要原因。所谓俑，就是偶人。以陶的材料制作的秦俑，是象征生人的。

皇朝背影

　　孟姜女的丈夫范喜良也一定是一个英俊强悍的男子，也许可以在众秦俑中寻到酷似他的面孔。孟姜女祠，在今天的铜川老城。更亲近的是，孟姜女的出生地孟家原村，与我祖辈世居的黄堡镇南凹里仅一道沟之隔。我姓和，和姓虽不算众，轩辕黄帝时就有和氏的记载，史册中也不乏文武之才。今陕、晋、冀、鲁诸省分布有和姓，云南丽江纳西族也多为和姓。秦汉时，和氏为渭北羌族，俗话说的放羊的人。秦人会说，在秦朝那阵，陕西话是国语，到了汉唐，长安是首都，陕西话当然是普通话了。有人说，中国人没有上帝，只有祖，人法地，地法天，天法道，道法自然，天人合一。陕西省的地图，怎么就化为一个秦跪射俑的图腾，让人记住秦人漫长的历史的源头。秦人，过了两千年，还是雄性十足，本性难移。

　　秦二世胡亥与赵高合谋篡改秦法，导致农民起义，秦王子婴向曾经的秦帝国小小官吏刘邦投降，秦被汉取而代之。刘邦发迹于汉水边的汉中，称帝后称汉，强盛且统治长久，在中国历史上产生了重大影响，有了今天的汉族、汉字、汉人、汉家、汉邦等文化概念。

　　如同汉承秦制，之后的隋朝亦上承南北朝、下启唐朝大一统王朝，在文化、制度、社会特点一脉相承，故史学家常将两朝合称为隋唐。隋文帝结束了自西晋末年以来长达近三百年的分裂局面，然而也如同秦一样短命，享国仅三十八年。

唐朝则历二十一帝，享国两百八十九年，是中国历史上最强盛的时代。

"秦时明月汉时关，万里长征人未还。但使龙城飞将在，不教胡马度阴山。"王昌龄的这首诗，悲壮而不凄凉，慷慨而不浅露，被称为唐人七绝的压卷之作。这首边塞诗，表现了诗人希望起任良将，早日平息边塞战事，使人民过着安定的生活。

眼下的漫天雨帘中，21世纪秦汉新城的盛景在孕育中呼之欲出，这块土地的深处掩埋的灵魂，也该为之喜泪沾襟了吧？

汉陵

雨还在不停地下，只好放弃登临刘邦长陵之顶以远眺的奢望，向导说那里道路泥泞，不易步行，也好。

我曾参与审看动画纪录片《西汉帝陵》及研讨会，此片集泥塑、壁画、地图、3D动画和实景拍摄为一体，采用编年体的方式，每集从一位皇帝的陵墓入手，还原西汉十一位皇帝的治国理念及传奇故事，展示西汉王朝二百一十年的兴盛与衰败，是影视纪录片模式的探索与创新。

20世纪末，我游历过罗马，当想到一个中国人应当如何看待罗马文化时，我们祖先对于第一次极模糊地传来的罗马信息的反应却是很有启示性的。可能出于古人素朴的直觉，当时的汉朝人士立即友好地把罗马类比于我们的神州，竟给它取了一个中国化的名字，称其为"大秦"。汉朝与罗马的联系，首先是借丝绸而相通。天外有天，西域意味着无限辽阔与新奇的世界。有丝即有路，从新疆经中亚至西亚的中路，从北方经匈奴转中亚入西亚的北路，以及从南海经印度入波斯湾的海上丝绸之路，搭建了自古以来的欧亚之桥。当时罗马在整个文明世界，还只是一个极不起眼的小城邦。《旧约圣经》写于较秦朝建立早二三百年的波斯帝国，其中以"西尼"一语称中国，含有丝国之意。张骞之时尚不知罗马，班超的二度西行，认识了这个西方大帝国。公元100年前后，罗马商团到了洛阳。古代的西风东渐，由此跨过千年。

两千年之后的我，才迟迟走在罗马的大道上。

　　汉承秦制，在俑的制作风格上，也是既继承又有所创新的。秦俑产生的时代，是新兴地主阶级刚刚登上历史舞台不久。毛泽东说过："它们是生气勃勃的，是革命者，是先进者，是真老虎。"秦俑恢宏的气势和勇猛的气质，正是这种时代精神的反映。汉俑不如秦俑高大，面目特征为细眉细目，形体线条趋于柔和。汉景帝阳陵出土的陶俑，高六十厘米左右，均为男性，裸体。从俑身上的铜带钩和麻织物残留看，裸体俑原来是穿有衣服的。到了唐俑，制作之精、品类之众、题材之广、造型之美，都超越前朝，达到了最辉煌的时期。中国的雕塑艺术，在秦代就确立了中国的民族气派。所以在汉以后，佛教艺术等外来文化进入中国时，才能有选择地吸收某些雕塑艺术技巧，并把它融化在中国雕塑艺术之中。

　　从西汉开始，外来经济文化不断输入中国。"灵帝好胡服、胡帐、胡床、胡坐、胡板、胡箜篌、胡笛、胡舞，京都贵戚皆竞为之"。到了唐代，"长安胡化极盛一时"，洛阳也是"家家学胡乐"。面部化妆，从汉唐时就敷粉画眉，当时不仅女子，男子也有敷粉的。但"华风"并没有被化掉，而是把外来东西吸收消化了。

　　雨幕中，一座座汉陵从车窗外掠过，一幅幅湿漉漉的历史的面孔，在泪水流淌的玻璃窗上幻化还原。尽管高大突兀的坟堆还依旧袒露在五陵原的旷野上，它的活化，当指日可待。

渭河

车子沿着渭河北岸宽阔的大道行驶，始终还没有跑出西咸新区秦汉新城的范围。走过咸阳博物院的建筑工地，途经张裕葡萄酒庄园，步入星河湾公寓，感觉一座崭新的秦汉城在茁壮生长。向导说，千年渭河已经成为一条美丽的城中河了。

我做过纪录片《大美渭河》的撰稿人，曾从渭河源头的鸟鼠山顺流而下，抵达潼关的入黄口，其实是从远古走到了今天。

水，万物生命之源。因为地球上有了江河湖海，人类世界才显得生机盎然，从容而恒久。渭河，浸润着中华文明灿烂而曲折的漫长历程，裹挟与映照着风雨和阳光，奔流到了新世纪，从而进入了现代人们关注的视线。星移斗转，改朝换代，渭河不仅造就了名垂青史的千年皇都长安，也滋养了两岸一代又一代芸芸众生，哺育了沿岸炊烟袅袅的乡村和繁华亮丽的现代城市。让渭河在心上流过，关乎你我他的生活与情感慰藉。曾几何时，渭河流域水资源的过度开发，工业和生活用水的排泄，让渭河病了，老了。在经济发展的同时，如何尊重、爱护、善待并融汇自然界的河流，守望生命的本源，已经刻不容缓，时不我待。为之惴惴不安的渭河儿女们，着手整饬母亲河的形象，渭河开始恢复和重塑年轻美丽的容貌。

渭河，这条情牵古今的精神河流，庄严、丰腴而灵动，却不失狞厉之美。横贯关中的渭河沿岸，是陕西最富足的地方，也是中国最早被称为天府之国的地方，比成都平原称谓天府之国早了半个多世纪。这是因为关中从战国郑国渠修好以后，就成了物产丰富、帝王建都的风水宝地。渭河流域大小河网纵横，为浇灌五谷和人的生存提供了水源，始有关中自古帝王都的特殊地位。有一天，随着渭河上漂流的唐帝国大厦坍塌的栋梁东去，中国的政治中心东移，宋元明清以降，依傍渭河的曾经灿烂一时的长安城被边缘化。长安辉煌不再，显赫千年之后又落寞千年。直至今天，渭河的血管里，还汩汩奔涌着盛唐的流风余韵。这条曾经决定一个帝国兴亡的河流，是多少代中国人集体书写的长卷，是中华民族政治经济文化跳动的脉搏。

然而，关中平原是渭河缔造的，是由亿万年来自上游沟

壑的河流，裹挟的泥沙囤积而成。加之历史上长期滥垦乱
伐，水土流失严重，使渭河成为一条多泥沙河流。世纪之
交，人们在追求所谓诗意栖居的同时，却在不同程度地把污
垢抛给了渭河。人类赖以生存的空气、阳光、水，只有在人
工炮制的逼仄空间，可怜地寻找到。这已经不是《诗经》中
的"泾以渭浊，湜湜其沚"，也不是杜甫笔下的"旅泊穷清
渭，长吟忘浊泾"的诗境了。渭河上游的层层截流，渭北灌
渠的分流，往往使宽广的河床仅剩下一条蚯蚓似的小溪。即
使在汛期，也经常细若游丝。古人把河流断流视作亡国之
兆，是有一定道理的。因为在河流作为农业的唯一水源、农
业作为经济的唯一内容时，水源的消失对一个经济区的打击
无疑是毁灭性的。

渭河堪忧，关中的水危机，成为不争的事实。而必然的
出路，在于丰枯相济、多源汇流的南水北调。善治秦者先治
水，水利改变民生。综合治理之后的渭河，将成为横贯关中
平原最大的生态公园、最美的景观长廊、最长的河滨大道，
重现渭河新的历史辉煌。渭河，已逐步成为西安、宝鸡、咸
阳、渭南等沿岸城市的城中河，构成了南山北水的城市格
局，将翻开令人赏心悦目的崭新画卷，呈现在渭河两岸，美

好的梦想已开始变为现实。

离别秦汉新城，回望中依然雨意朦胧，但在畅想中却已雨过天晴，一道彩虹从心底轻轻划过。

《西安晚报》2017年1月14日

皇一朝一背一影

HUANGCHAOBEIYING

混血王朝

|

在咸阳城西北125公里，埋葬着前秦君主苻坚。

在公元3世纪至6世纪，北方遭遇了极其混乱的政治史，历史上第一个大变革时期（战国）的诸多国号在此时重新出现。其中，五胡十六国中在陕西的政权命名为"秦"。由氐族人创立于351年的"前秦"，为乱世带来第一缕曙光，国都于渭水流域的长安。

苻坚，于370至376年间统一北部中国，使其成为强大的军事国家，威胁着长江流域的东晋王朝，著名的典故"投鞭断流"表现了他南下统一的雄心壮志。虽然如此，他本人并不是靠暴乱起家的武夫，他重视教育，每月亲自到太学学习，辩论考核官员。但是，他的帝王抱负在一次非同寻常的南征中终结，这就是著名的淝水之战（383），他本人也被手下叛将姚苌杀死，"后秦"取而代之。

时间倒回到淝水之战前一年（382），苻坚遣手下吕光攻伐焉耆，继灭龟兹，获得了一份特殊的战利品——高僧鸠摩罗什。但是，随着苻坚兵败和权力的丢失，鸠摩罗什因此在凉州滞留了十多年，直至后秦攻伐吕凉，鸠摩罗什才正式被迎请至长安。在这里，鸠摩罗什受到新统治者的礼遇，被尊为国师，在逍遥园和西明阁主持译场。但实际上，到来之前，长安已是北方地区译经和佛法弘传的重镇，法筵之盛、传译之繁、传习之广，令他深为赞叹。

早在1世纪初开始，佛教在若干方面能符合汉末及后来中国社会不同阶层的传统及其关心的问题，因此进入了华夏世界。这其中，国家的支持大大推动了寺院的发展以及佛学研究的进步，佛教比起几乎同时期的基督教在欧亚大陆西部的传播要广泛得多。与鸠摩罗什同时期来华的四百年左右时段内，中国僧人开始大批至中亚与印度朝圣远游，其中即有著名的和尚法显。在走出去和引进来的两种交流格局下，长安在4世纪中叶以后成为佛学研究的主要中心。

今天，遗留在丝绸之路沿线数以万计的佛教造像展示了魏晋时期对于佛教的狂热程度。佛教主要沿着通商道路，并借助交流大潮而来，其中最主要也是最早的途径，通过阿姆河与甘肃的绿洲地带，即古丝绸之路的重要一段传进中国，以北方的长安、洛阳为中心传播开来。

西域一带的文化，兼受印度、希腊、伊朗的影响，直达中国北部地区，复传至中国北部、朝鲜及日本。中国与日本若干佛像从服饰、姿态、面容都保留有希腊像的遥远印记，可见中国南北朝佛像的影子。更为深刻的是，佛教的引进极大丰富了宗教、哲学、文学、艺术等传统，这些传统在通过中国中转式的改造与通融后，深刻影响了周边的东亚国家。

在西安未央区大明宫乡井上村东，发现了一座北周墓，墓主人为中亚人萨保，曾任北周凉州刺史。墓室石刻上均采用浮雕彩绘贴金，一方面有祆教的文化，另一方面也受汉文化的影响，表现得比粟特本地的文化更加丰富多彩。

在墓里出土的一块铭文，用粟特文写到"库姆丹"，专家学者认为，即是指长安。考古发掘，陆续发现了一些"昭武九姓"胡及其后裔们的墓葬和墓志。墓主人及其妻康氏分别为史国和康国人，均属昭武九姓，也即历史上所称的粟特人。昭武九姓胡人活动于今中亚阿姆、锡尔两河流域，粟特人以"善贾"著称，主要信仰拜火教——祆教，南北朝以后大批徙入中国新疆和内地，通过漫长的丝绸之路频繁往来于中亚与中国之间，操纵着国际商贸活动，对中西文化的沟通交流起到过至关重要的作用。

前赵、前秦、后秦、西魏都以长安为首都，公元407年至431年的大夏，也曾短暂地将其政治中心的西北部迁至西安，后来在位于陕西北部的地区建了有名的"统万城"后便消失不见，因政权更迭、战乱不息，长安城始终未能恢复汉代的昔日繁荣。北周继承了前代北魏孝文帝改革以及西魏宇文泰军事改革的成果，延续了汉化的诸多政策，统治阶层均在所有领域迅速而彻底地改从华夏故国的风尚，并且这种影响一

苻坚墓近照

直持续到隋唐时期。从另一个维度讲，汉人与文化及生活方式不同的外来居民交往，不断获得充实丰富。华夏文明在形成过程中，草原游牧环境、汉藏接壤区以及华南地区的贡献至为重要，例如驾车方式、马鞍、马镫、桥梁、山路建筑方式、草药学与毒品学等。

从更远的文明来看，由于胡汉融合本身的开放与兼容性，加之许多文化以佛教传播的温和方式，对于远方文明更是包容，其后的隋唐皇朝，在内部关系及外来文化的处理方式上，无疑是魏晋南北朝的继往开来者。公元476年，西罗马帝国崩溃，出现各个族群国家并立的局面。作为世界文明的两极，中国与罗马都发生重大政治危机，但是为什么中国却形成了更为强盛的隋唐帝国？自西罗马帝国崩溃始，欧洲进入了长达十个世纪的漫长黑暗时期。由于缺乏统一的强权政治，生产力发展近乎停滞，宗教腐败化，文化遭受束缚。但是，相似的状况在东方却是完全不同的情景。

魏晋南北朝长达三百七十年的分裂与战乱，为什么没有造成中华文明的消亡？这是由于持续的统一向心力，很快在北方出现了新的中央集权制国家，而特殊的政治与社会形态便造成思想文化生活的丰富性和多样性。长江流域的南朝时代，则是中国历史上在思想、文学、艺术方面最光辉的时代之一。

正如中世纪的欧洲盛行基督教一样，中国的中世纪也是宗教狂热时期，与西方不同的是，交替的政府利用并监管着宗教的走向，使得没有出现欧洲中世纪那样的黑暗氛围。伴随着战乱造成的巨大创伤，佛教不仅成为世人寻求理想社会的精神寄托，更成为外域文化进入和传播的重要载体，长达3个世纪的胡汉杂居融合和宗教传播下的文明交流，为隋唐的开放埋下了伏笔。

《西安晚报》2017年10月14日

皇一朝一背一影

HUANGCHAOBEIYING

回望隋朝

九个月取得天下，三个月统一全国，十余年海内大治。这样的成就，中国历史上唯有隋文帝杨坚一人！

他，是如何做到的呢？

他没有嬴政的祖荫，没有刘邦的豪放，没有李世民的英武，他有的是冷静的头脑、坚强的意志和自控力，以及超越时代的战略眼光。在他统治下，中国成为最具革新精神的时代，各种制度创新奠定了中国封建政权的基本构架。他之后不久，中国迎来了人类历史上农耕文明的巅峰时期。然而这样一个人，却长期沉寂于历史，无人关注！

唯有深入历史的细节，才能揭开那被埋没的真相。

在今天的陕西省咸阳市内，坐落着中国唯一的农业高新技术产业区，它原本有着一个充满历史气息的名字——杨陵，后改"陵"为"凌"，现为杨凌。现代人改名字是为了避讳"陵墓"的字眼。但换个角度讲，作为一座帝王陵墓所在地也何尝不是一种荣耀。这里所埋葬的，是隋代开国皇帝——隋文帝杨坚和他的皇后独孤伽罗。

隋文帝泰陵陵墓高27米，底部边长约160米，它呈覆斗形的封土，和秦汉葬制颇为相合。在秦汉葬制消失几百年后，

毕沅所书泰陵碑

旧制复兴，这分明体现出墓主人追摹强秦雄汉、一统大好江山的心理。

之前的北周时代，流行周朝的不封不树，曹魏是疑冢制。到了隋文帝，又恢复了旧葬制。

在四十岁之前，汉族人杨坚的名字叫作普六茹那罗延，这个鲜卑族形式名字的背后，是一个混血交融的大分裂、大变革时代，同时也是留给他的抹不去的人生底色。

公元541年，在北朝西魏的国都长安城，杨坚出生在当朝大将军杨忠的府上。他出生后不久便奄奄一息，一位法号智仙的尼姑救活了小杨坚。智仙说，这个孩子不能由凡人养育在凡尘之中。就这样，小杨坚在13岁之前一直跟着智仙生活在寺庙里。智仙给小杨坚取了个佛教名字——那罗延，意思是金刚力士。晨钟暮鼓、古佛青灯下，杨坚渐渐长大成人。童年的生活环境，对一个人的性格往往有着重要的影响。

《隋书》记载，杨坚的性格是"虽至亲昵不敢狎也"。意思是，即便是最亲密的人也不敢和他开玩笑。试想想，苦行僧一样清心寡欲，造就了杨坚克制、坚忍、近乎刻板的性格。杨坚的血统和出身，直接影响到他后来的政治抉择。思想上是一个开放包容的人，有着谨小慎微、勤奋节俭、坚忍负重的性格。这种性格使其不张扬，务实而不图虚名，在艰难险恶的环境中笑到了最后。

从隋文帝留下的书法来看，他用笔灵动，笔画清爽而不乏骨力，有种超凡脱俗的气质。

这可视为幼年在寺庙里练就的童子功。长年安静的环境、无边的孤独，让杨坚比同龄人更为深沉稳重。杨坚虽然年幼，但头上已经戴上了几顶官帽，这皆是因为杨氏世家属于中国历史上一个最为显赫的贵族集团。天苍苍，野茫茫，风吹草低见牛羊。今天的呼和浩特市北部的武川县，曾是北魏建国之初在北方边境设置的军事重镇。北魏末年，天下大乱，从这里出发的一批军人来到关中，他们的首领宇文泰采用鲜卑八部氏族兵制，设立了八个柱国，下辖十二大将军、二十四开府。这些柱国将军形成了最显赫的大家族，凡子孙出则为将，入则为相，内部又通过婚姻关系相互黏结。史学界对它有一个固定的说法，叫作"关陇贵族集团"。

著名历史学家陈寅恪认为，关陇集团是古代中国第一贵族集团，因为它共创造出四个王朝，其中西魏、北周和唐朝的始祖都是柱国，隋朝的始祖皆为大将军。西魏八柱国之一的独孤信由于身兼多项高官要职，其大印竟有26枚之多。独孤信有七个女儿，大女儿是北周皇帝宇文毓的皇后，四女儿是唐朝开国皇帝李渊的母亲，七女儿独孤迦罗嫁给杨坚乃隋朝的皇后。独孤信一门竟然出现了三朝皇后。他被民间戏说为：天下第一老丈人。盛极一时的关陇集团，曾纵横中国近二百年，在西魏、北周、隋、唐初，皇室与主要的将相大臣大多出于以武川镇军人为班底的军事贵族，这在中国历史上也是绝无仅有的奇迹。

杨坚的父亲杨忠是西魏十二大将军之一，北周时官至柱国大将军，封随国公。杨忠死后，杨坚承袭了爵位，与独孤家结亲，后来把自己的大女儿嫁给了周宣帝宇文赟为皇后。于是，他在关陇集团的地位日益提升。公元580年5月，周宣帝暴病，弥留之际，召宠臣郑译和刘昉入内，接受遗诏。由谁来辅政呢？

史书记载，这时宣帝已"暗不复能言"。虽然皇帝不能说，但他们要写出来，写谁呢？

两个大臣不约而同地选择了国丈杨坚。有什么理由呢？大概有三个理由：一是杨坚有权力，有威望；二是杨坚跟他们关系不错，还是郑译的同学，二人自己的权利会得到保护；三是按惯例，辅政大臣最好是宗室，保证江山不变色。于是，正如清代历史学家赵翼所说："自古得国之易，未有如隋文者。"公元581年2月甲子日，小皇帝周静帝禅位于杨坚，大隋王朝正式建立。杨坚也成了历史上第一个所谓"黄袍加身"的皇帝，也是由他开始，皇帝有了专用颜色：黄色。

据《资治通鉴》记载，唐太宗曾经问房玄龄和萧瑀：隋文帝是一个怎样的皇帝？萧瑀说：隋文帝处理政事极为勤勉，每天上朝，他总是一一召见五品以上官员，认真听取汇报，一起商讨政务国事，以致经常错过吃饭时间，只好让宿卫的兵士随便弄些饭来充饥。下朝回到宫中，仍焚膏继晷地批阅文件，直到夜深人静。隋朝建立之时，面临的形势是：北面的突厥频频南下，虎视眈眈；南方的陈朝，偏安东南，负隅顽抗。隋文帝的统一之路，首先选择了向北解决突厥的进逼问题。隋文帝启用了一位外交天才：长孙晟。他的女儿后来成为大唐的皇后，那是后话。开皇二年（582），突厥起兵时，长孙晟认为：突厥的五大可汗中，后三个跟第一个都有矛盾。大隋应该利用他们的矛盾，"远交近攻，合强离弱"。隋文帝非常赞同长孙晟的见解，派他到突厥煽风点火，使其内部分崩离析。到开皇四年（584），东突厥可汗沙钵略西抗阿波、南抗大隋，终于筋疲力尽，再也撑不下去，向隋求和。西突厥也失去了往日的气焰，隋朝北部的威胁基本解除。对外征战稳固边疆，对内则重拾旧河山，重心向经济建设转移，关照民生。

2004年初，在今天西安含光门博物馆附近的城墙断面处，发现了一个隐藏的砖构建筑，原来这竟是个引水涵洞，考证建成时间为隋初。专家推测，这很可能是隋朝开国的第一大工程，营建新都的遗物。

因为汉长安城到隋代已使用了八百多年，地下水遭到污染，且渭河水患频繁。于是隋文帝启用宇文恺，来建设新的都城，这就有了恢宏的隋唐长安城。新城选在了龙首原东南的一片平地上。这里渭水干流自西向东从城北流过，而发源于城南的秦岭的多条河流又自南向北流入关中平原，这就构成了新长安城的自然水系。后来又根据地形地势相继开凿了五条渠道，从城东城西把八条河流中的水引入城中，渠道纵横交错，成网状分布，八水五渠便构成了有利于水上交通与生态环境的基本水系系统。那么，城市的规划布局又是如何设计的呢？

今天，在交通四通八达的西安城内，坐车从北至南穿过全城，并不会感觉地势有明显的上升。但在隋唐时期，这种由北到南不断上升的地势却是具有神秘意义的。宇文恺在规划中，把《周易》理论运用到都城的设计之中，从梁洼相间的天然地形中找出了六条东西向横亘的高坡，以象征乾卦的六爻布置各类建筑，显示出特殊的功能分区。这就是隋大兴城，日后聚集百万人口的世界大都市唐长安城的开端。这是一个能够体现君王尊贵心理，又能满足中央集权象征的城市，也是中国历史上最大的都市。今天的西安城，面积仅为隋唐长安城的七分之一。

隋代也被称为水运帝国，它最为突出的浩大工程是运河。今天江苏淮安的山阳渎，就是一条隋文帝时期所修，颇有军事战略价值的运河。隋开皇七年（587），隋灭后梁，隋文帝为了统一江南渡江灭陈，接纳了大将贺若弼所献的《灭陈十策》。其中有一策为：以老弱残兵和破旧战船陈于邗沟一线，用以麻痹陈国，另在邗沟之东开一新河，使精锐之师隐蔽其中，伺机攻陈。此计得到隋文帝的称赞。于是从湾头镇起，利用运盐河向东至宜陵，由宜陵转向北，经樊汊，入高邮，达射阳湖至末口入淮，这条运河被称为山阳渎。这条运河不仅用于平陈大业，也在日后成为京杭大运河体系的动脉。

隋文帝画像

据说南朝陈亡国之前，有雾霾。雾霾弥漫在建康城，铺天盖地无孔不入，每个人的鼻子里都是又辣又酸。史载，后主陈叔宝甚至在"新年团拜会"上昏睡过去，直到黄昏才醒了过来。雾霾中昏睡不醒的陈叔宝也许不知道，就在这一天，隋文帝杨坚派出的大军已兵分两路渡过长江，兵临城下。二十天后，这位亡国之君成了俘虏。当隋军把陈后主和他瑟瑟发抖的嫔妃一起从井里拉上来以后，一个时代，就这样喜剧性地落下帷幕，而中国历史则从此大为改观。

从董卓入京、黄巾起义到隋文帝灭陈，也就四百零五年，这四百年的中国历史可以这样来概括：统一的大帝国一分为三，这就是三国。短暂统一之后再次大分裂，就是五胡十六国。然后是四分五裂变成南北对峙，形成南北朝。最后是西方战胜东方，北方统一南方，诞生了新的中华大隋帝国，这个路线图其实跟当年的秦并天下几乎是一样的。

隋文帝和秦始皇相比，秦始皇结束的是诸侯国导致的分裂，而隋文帝结束的是北方各族政权与汉族政权的分裂。五胡入主中原所造成的分裂，原因复杂且深刻，统一起来也更难，然而隋文帝做到了。隋文帝的出现，代表了当时民族大融合、人心思定的大势所趋，是历史的必然。隋文帝的统一，不但否定了南北各自为主的历史方向，而且强化了中华民族统一的意识。

南朝四百八十寺，多少楼台烟雨中。军事上统一南方之后，如何收复这一地区的民心，隋文帝最重要的办法之一，便是弘扬自己最喜欢的佛教。而南方的佛教基础本来就很深厚。隋文帝在江南各地建塔一百一十余座，其中南京栖霞寺舍利塔被列为榜首。通过复兴南方佛教凝聚人心，并不断缓和民族矛盾、召唤流民归土耕垦。平陈之后，隋文帝大力网罗南方的文化人才。他还慨然下诏：献书一卷即得一匹丝绸。当时一个农民一年的赋税大约是三匹丝绸，献书一卷即相当于税负少了三分之一。所献书籍由国家组织人力抄写，原书归还献书者。

自东汉末年起，历经丧乱，隋朝初期国家藏书仅有一万卷，而经过隋文帝的献书活动，藏书最多时有三十七万卷。对于隋文帝杨坚入选《影响世界的一百人》，哈特在书中说：他最重要的改革之一，是实行通过科举考试选拔政府官吏的制度，为中国提供了一批批非常得力的行政官员。

而《剑桥中国隋唐史》这样评价：隋朝消灭了其前人过时的、无效率的制度，创造了一个中央集权帝国的结构。人们在研究其后的伟大中华帝国的所有结构和生活的任何方面时，不能不在各个方面看到隋朝的成就。

政以农为本。隋一统天下后，破碎的山河迅速得到恢复，特别是气候湿润、土壤肥沃的江南，一片欣欣向荣，成为自魏晋以来中国经济发展最快的地区。南北朝时期，躲避战火的上百万中原人口，迁徙到了长江流域定居，使江南迅速得到开发。中国南北方经济在此时日趋平衡。如果说强秦、雄汉是用一个字来概括一个朝代的特点，那么隋朝的特点就是"富"。隋被公认为历史上最为富庶的王朝之一，而且脱贫致富的时间之短更史无前例。隋朝，又富裕到何等程度呢？

2004年9月，考古工作者在洛阳发现了一个古老的仓窖，根据史书记载的位置推断，确认这个仓窖正是隋代的著名国家粮仓——回洛仓。回洛仓遗址东西长1000米，南北宽355米，面积相当于50个标准的足球场大小。从发掘情况看，回洛仓仓窖内径和深度都达10米以上，每个仓窖可储量30万到50万斤左右。而回洛仓共有700多个这样的仓窖，大约可储存3亿斤粮食。更令人惊讶的是，回洛仓还只是隋代的六大粮仓之一，隋朝国家之富，超出人们的想象。那么，隋朝又是怎么富裕的呢?

隋代的经济奇迹,主要应该归功于对人口的控制能力,强化税收管理,仓库迅速得以充实,经济实力便加强了。当时贵族势力大,依附人口不到政府登记不向国家纳税,给贵族交一些租就行。隋文帝推行新政,按地、人、牛分上中下户,上多交下少交,弱势群体享受政府优惠,不用强迫,这些依附人口就自觉脱离大户申报户口,纳税人就多了。再一个是核准实际年龄,入户调查,如有隐瞒则严惩。这样,隐瞒少了,增加了几百万纳税人,调动了生产力,国家的经济也就有了实力。

隋朝最根本的经济措施是恢复均田制。男受永业田二十亩、露田八十亩,女受露田四十亩。十八岁受田,永业可以传家,露田死后交回。不论受田多少,只按丁口交纳赋税和服役。

每丁每年交纳一定量的谷物和纺织品,而男丁不能履行服役义务的,可以用租调代替。历史学家钱穆认为,这种赋役制度的意义在于为民制产,让农民有田有家,让农户自由选择纳税形式,有利于促进生产专业化,极大地调动生产力。

皇朝背影

　　史载：公元617年，洛河边的人们汇聚在一起，每个人喜笑颜开，步履匆匆，对倾倒在路边成堆的稻谷不屑一顾，也不在意米粒从筐篓撒漏下来，黄土地上仿佛铺了一层白沙。这是隋朝末年瓦岗起义军奇袭隋朝国家粮仓洛口仓以后，开仓放粮时的场景。粮食对身处乱世的饥民具有无穷的吸引力，瓦岗军在占领洛口仓数月之后，兵力从万余人猛增至二三十万人。粮仓，在隋末群雄逐鹿的烽烟中，扮演了一个重要的角色。谁占据了它，谁就占据了主动，谁能最终拥有它，谁就拥有了天下。元人马端临在《文献通考》中曾说：古今称国计之富者莫如隋。所以亲眼目睹隋朝覆亡的唐太宗曾感慨地说：隋朝末年留下的粮食，大唐还可用上五六十年。而隋炀帝正是自恃国家如此富饶，所以奢华无道，导致隋朝灭亡的。

　　隋文帝执政虽然短暂，却做出了几件惊天动地的大事。历史上三省六部制、均田制、府兵制的推行和改革，成就了隋初的开皇之治。尤其是科举制的创立、大兴城的修建及大运河的开凿，也都是隋朝功不可没的业绩。可如此强大的隋朝，为何短短三十八年便土崩瓦解，被唐朝所取代？这和隋朝第二代帝王隋炀帝杨广大有关系。

　　杨广于公元603年登基，年号大业，他和他谨慎勤俭的父亲截然相反，追求的是大功业、大气魄和大手笔。隋亡两百年后，诗人白居易写下长诗《隋堤柳》：后王何以鉴前王？看隋堤亡国树。为什么美丽的柳树被白居易称为亡国树呢？

　　今天江苏扬州市的市树是柳树，在纵横交错的河道边、大街小巷，杨柳无处不在。李白名句：烟花三月下扬州。烟花指的正是漫天飞扬的柳絮。柳树与扬州的结缘，来源于大运河，更来源于隋炀帝。京杭大运河开通后，隋炀帝曾经下令在运河两岸广种柳树，从洛阳一直种到扬州。他又御书赐柳树姓杨，这也是后来杨柳一词的来历。而隋炀帝南巡游乐的龙舟船队，运河两畔夹岸的柳绿桃红，没有成为大隋百姓的福祉，却成为百姓肩头沉重的负累。漫漫的运河古道上，江山易代，历史兴亡，让白居易的浩叹油然而生：南幸江都恣佚游，应将此柳系龙舟。海内财力此时竭，舟中歌笑何日休？龙舟未过彭城阁，义旗已入长安宫。大隋江山此时已摇摇欲坠，曾经恢宏的大隋，被突然降临的一场剧烈的暴动所摧毁。

　　土坟数尺何处葬？吴公台下多悲风。在距离都城千里之外的扬州，被侍卫杀死的隋炀帝草草葬在吴公台下，留给后人无尽的叹息。仓促寒酸的王陵，突显出主人公悲剧化的身世。2013年末，在扬州市曹庄镇发现了隋炀帝的终葬墓，一时间这个在中国历史上最富争议的皇帝再次引起人们的关注。炀，是帝王所能得到的最恶的谥号。然而从唐代开始，历朝历代就不断有人为隋炀帝鸣冤，比如唐代诗人皮日休诗云：尽道隋亡为此河，至今千里赖通波。若无水殿龙舟事，共禹论功不较多。如果隋炀帝没有水殿龙舟这样奢侈的大船巡游的事，凭着开凿大运河这样的功绩，他和大禹的功劳都可以相比较。而明清演义小说，又把杨广的荒淫形象进一步放大，隋炀帝因此一直被认为是著名的昏君和暴君。

中国大地上最庞大的两个古代建筑物：一是万里长城，另一个是大运河。由于地形的原因，中国境内的主要河流都是由西向东。因此，从黄河流域到长江流域，物质的交换和文化的交流，就只能靠车马走旱路。车辚辚，马萧萧，哪里比得"上轻舟已过万重山"。那些扬帆远航的船上，承载的远远不止粮米和丝绸，更是一个民族自古以来的愿望。这个愿望就是打通南北。

公元605年，隋炀帝下令兴建洛阳城和开凿大运河，两大工程一起建设。从大业元年（605）开始开凿通济渠，到大业六年（610）打通江南河，一条南起余杭，北至涿郡，贯通海河、黄河、淮河、长江和钱塘五大水系，全长四千多里的运河全线贯通。以秦岭和淮河八百毫米降水线为分野的南北方，从此连为一体。由于大运河的开通，陆上和海上两条丝绸之路基本贯通起来。商旅从广州港登陆，取道梅岭进入洪州，再向东进入钱塘江，就可以一帆风顺地从杭州而扬州，而洛阳，直至丝路的东方起点长安。至此，覆盖隋朝帝国全境的水上高速运输线彻底贯通。

大运河为大唐盛世奠定了最重要的物质基础。扬州城也因为大运河与长江交会的独特地理位置，一跃在唐代成天下第一的富裕城市。

最令人称道的是这条一千六百年的古老运河，至今仍在蓬勃有力地支持着中国的经济发展。千百年来，从历史上的"南粮北运""盐运"通道，到现在的"北煤南运"干线，以及防洪灌溉干流，可以说大运河是隋代留给后世最为巨大的物质遗产。隋炀帝的确为中华民族建立了千秋伟业。但他耗竭民力，急功近利，隋朝百姓民不聊生，苦不堪言。实际上，营建洛阳和开通运河，都是当年北魏孝文帝拓跋宏做过和想做的事。而且，在经历了长时期的动荡和分裂后，真正的中华皇帝都会打通南北。这也正是隋炀帝之所想。为此，他不惜东都和运河双管齐下，结果是为民族建立了千秋伟业，为自己留下了万古骂名。大运河，功德无量，劳民伤财。据统计，隋炀帝执政的后期，仅历史文献中可以确认的反政府武装力量就有二百多个，其中有勋贵出身的李密、有农民出身的窦建德。按照《隋书·食货志》的说法，当时为盗为寇造反起义的，竟多达天下人的十之八九。可以说，死前的炀帝已是人神共愤，千夫所指。

18世纪末的一天夜里，进入军事学院学习的拿破仑，正在灯下饶有兴趣地阅读伏尔泰的名著《风俗论》。书中写道："在中国皇帝中，隋文帝是这个世界上古往今来最高雅伟圣的君主，隋朝君主体制是世界上最完备的政治体制，隋朝经济是世界上最繁荣的经济，隋朝文化是世界最先进的文化。"拿破仑读到这里，惊叹羡慕不已，他说："如果我出生在一千一百多年前的中国隋朝，我一定会为隋文帝效犬马之劳！"这样的认同与赞叹之声，在3个世纪后的西方仍在延续。美国学者迈克尔·哈特的《历史上最有影响力的100人》中，有两个中国的皇帝入选榜单，一个是秦始皇，另一个就是隋文帝。秦始皇上榜的原因，是他用武力统一了中国，而隋文帝杨坚的上榜，则出乎许多中国人的意料。帝王苦竭生灵力，大业沙崩固不难。隋之亡，即因为此。

　　幸运的是，有人从隋炀帝的灭亡中吸取了教训。而且正如此人所说，水能载舟，亦能覆舟。隋之兴，在于顺乎民心；之亡，在于背弃民心。他从隋亡教训中汲取经验：那就是爱惜民力，以民为本。一个政权的任何政策的出发点，要把人民的利益放在首位，正是这个人在基本沿用了隋朝制度的情况下，改换了治国的思路，把一个王朝带到了巅峰。

　　我们知道这个人正是唐太宗李世民。

《延河》2017年第12期

皇一朝一背一影

HUANGCHAOBEIYING

昭陵之谜

关中平原北部，有一道横亘东西的山脉，它位于"东方帝王谷"的北侧，与南部的秦岭遥相对峙。这道山脉在陕西礼泉县境内，突兀而起一座山峰，周围均匀地分布着九道山梁，这就是九嵕山。

贞观十年（636），唐太宗的发妻长孙皇后病逝，唐太宗遵皇后遗言"依山而葬"，选择九嵕山作为自己和皇后的归宿之地，定名为昭陵。自此开创了唐代十八座帝陵依山为陵、凿石为穴的陵寝制度。以名画《步辇图》来看，唐太宗身材魁梧，宽额深目，长着一副弯曲蓬密的络腮胡子。虽然唐太宗李世民出身于汉族军人世家，先祖李虎是北朝西魏的八大柱国之一，但因为祖上与胡人世代联姻，李世民形象性格颇有塞外草原民族的特征。

甘肃陇西草原，曾经是放牧军马的马场，这里相传是李世民家族的发祥地。生活在这里的人和战马相伴，特别擅长骑射。李世民曾说自己自幼喜好弓马。他随身的武器是一张巨大的弓，名叫柘木弓。他的箭，比一般的箭要大出一倍，百步之外，能洞穿门阖。他16岁参军，18岁随父李渊揭竿而起，23岁成为天策上将军，打败隋末所有叛军，统一全国，这样的军事才能在中国历史上极为罕见。

贞观十年（636），李世民发布《九嵕山卜陵诏》，诏书中说："佐命功臣，义深舟楫……追念在昔，何日忘之！"李世民把大臣们比作船桨，他说想起各位贤臣的功劳，仿佛船只离不开船桨，没有一天忘记过。所以若灵魂有知，愿意与群臣们将来在地下"居止相望"。

唐太宗首葬长孙皇后于昭陵后，即制《九嵕山卜陵诏》，号召文武大臣及皇亲国戚死后陪葬昭陵。在唐太宗的号召下，大唐的文武大臣和皇亲国戚都以陪葬昭陵为荣。

从贞观年间开始，直至开元年间，有数百位显赫人物陪葬昭陵，从而形成了一个庞大的帝王陵园。前后陪葬昭陵者有宰相13人，丞郎三品50人，功臣大将军60人，还有众多嫔妃、王子、公主等等。

昭陵，总面积20000公顷，周长60公里，不仅是大唐第一陵，也是中国历代帝王陵园中面积最大、陪葬墓最多的一座。

李世民手下的大将秦琼，贞观十二年（638）病死后，陪葬昭陵。秦琼之墓，位于礼泉县袁家村，这位《隋唐演义》中的主人公，历史上先为瓦岗寨大元帅，后追随李世民做部将，大唐开国后封翼国公。而传说中以三板斧著称的唐朝开

昭陵全景

国名将、凌烟阁二十四功臣之一的程咬金——程知节之墓，位于昭陵上营村西果园中。还有以尚书左仆射总领百司多年的大唐第一宰相房玄龄之墓。在他的墓前是著名书法家褚遂良所书房玄龄碑，碑文长达2000余字。

在昭陵博物馆内，可以看到大量的"三绝碑"，即墓碑主人、撰写碑文者、墓碑书丹者都是著名人士，比如欧阳询所书的温彦博碑、王知敬所书的李靖碑、赵模所书的高士廉碑、殷仲容所书的马周碑等。可以说在昭陵陪葬的初唐文臣武将中，后人耳熟能详者比比皆是。

这些文臣武将不仅在唐朝威名赫赫，而且在整个中国古代名人榜上也多名列前茅。这也让后人无数次追问：为什么在唐太宗的贞观时代，会涌现这么多的人才？

乾隆皇帝曾经认为：贞观之治来源于初唐绝佳的君臣关系，而唐太宗最为后人称道的本领就在于"用人"和"得人"，很多人才甚至是被他从敌人那里吸引、提拔出来的。比如被后世老百姓尊为门神，当时号称"武艺天下第一"的尉迟敬德，出生于山西朔州，隋末天下大乱时被盘踞山西的刘武周招入麾下，与唐军交战时刘军大败，于是尉迟敬德就投奔了李世民。

尉迟敬德虽然归降，但仍有很多人对他不信任。他随李世民讨伐王世充，刘武周部下的一些高级将领纷纷从李世民的手下逃跑。为防不测，李世民手下的将领把尉迟敬德囚禁了起来，并建议李世民早点杀掉他。李世民却认为：他是那一批投诚的人中最有能力叛逃之人。他要是想叛，怎么会等到现在呢？下令马上放人。李世民还亲自接见被缚的尉迟敬德，为他解绑，并好言相慰。一番感人的话语，让尉迟敬德就此下决心终生追随李世民，这才有后来尉迟敬德的单骑救主等种种汗马功劳。

尉迟敬德与夫人苏氏的合葬墓，位于九嵕山东南约20公里处。尉迟敬德，因军功显赫位列凌烟阁二十四功臣的第七位。

漫长的战斗岁月，使贞观君臣不仅成为一个荣辱与共、利益攸关的政治团体，也给传统的君臣关系注入了一种可贵的战友深情。

李世民正是成功驾驭了这些英雄豪杰，用7年时间完成大唐统一的战争。大唐王朝的三分之二疆域，都是他和功臣们打下来的。

在昭陵北面祭坛东西两侧，有6块青石浮雕石刻，这就是任何一本介绍中国艺术史的图书都不会漏掉的、闻名世界的雕塑珍品——昭陵六骏。

昭陵六骏每块石刻宽约2米，高约1.7米，分别名为"拳毛騧""什伐赤""白蹄乌""特勒骠""青骓""飒露紫"。

这是李世民6匹战马的真实名字。这6匹马都曾作为李世民的坐骑，跟随他在大唐统一战争中南征北战。

李世民首先是一个身先士卒、力战沙场的战将。他当过侦察兵，也做过断后掩护，甚至还有独身一人在对方阵营睡着的记录。他是一个神射手，并且曾经手刃十数人——据此推测其近身武功也相当了得。

李世民最重视骑兵，他手下最精锐的部队名为"玄甲军"。《资治通鉴》记载："秦王世民选精锐千馀骑，皆皂衣玄甲……每战，世民亲被玄甲帅之为前锋，乘机进击，所向无不摧破，敌人畏之。"

皂是黑色，玄也是黑色，玄甲军即是一支穿黑衣戴黑甲、让人望而生畏的王牌军。以玄甲军每次当前锋的战斗状态来看，它应该是一支重骑兵。

昭陵六骏东面第二骏名叫"青骓"，苍白杂色，是李世民在平定窦建德时所乘之马。石刻中的青骓身中5箭，均是在冲锋时被迎面射中，但箭却多射在马的后部，由此可见骏马奔驰的速度之快。

昭陵六骏中唯一一个有人像的浮雕，是大将丘行恭与李世民的爱骑"飒露紫"。这个浮雕的来由要从一场战争说起。武德三年（620），唐高祖李渊命李世民率兵10万征讨洛阳王世充。李世民与王世充在洛阳城外的故马坊激战，想查看敌人阵势的情况，找机会杀出敌阵。虽然阵形被打散了，但王世充部下的江淮精锐也不是等闲之辈，与唐军殊死力战，李世民的坐骑飒露紫在混战中被射倒，危急万分。关键之时，大将丘行恭冲到身旁，勇杀数敌，并让李世民骑上自己的战马，换下了身受多处箭伤的飒露紫。石刻记录了丘行恭为飒露紫拔箭时欲拔而又不忍的感人场面。

在大唐建国7年后，全国的统一基本实现。此时的秦王李世民功勋卓著、声势浩大，一批武艺超群、智谋非凡的武将文臣也都围在李世民身边。因此李世民和胞兄太子李建成的关系日益势同水火。

唐太宗昭陵的主门是北司马门，中国古代建筑讲究坐北朝南，南门一般为正门，而昭陵却以北门为重，也许是因为长安皇城的玄武门即是北门，而李世民的一生命运与玄武门息息相关。

唐高祖武德九年（626）六月初四清晨，李世民在玄武门设伏，射杀太子李建成和齐王李元吉。此举结束了多年的兄弟相争，也令李世民顺利登基，改元贞观。

　　2013年，警方和西安市文物稽查部门收缴了一方墓志，墓志上只有55个字，却具有重要意义。这方墓志的主人正是被李世民杀死的太子李建成。在墓志的志文中，李建成的谥号"隐"字明显被更改过。谥号是对一个人的最终评价，刻写之前必定经过反复讨论，至于李建成的谥号则一定为唐太宗亲拟，然而刻写之后又匆匆修改了。据推测，墓志之中，应当是改"炀"字为"隐"字。可见李世民的心中对于李建成和玄武门之变，一直是纠结的。因为得国不正，所以李世民几乎用一生来告诫自己，时时要有危机感。危机感使唐太宗无法居功自傲。在即位的最初，他甚至食不甘味、寝不安席。如何做一位让世人心悦诚服的明君？如何尽快安抚好饱经战乱的苍生，治理好满目疮痍的国家？

　　水能载舟，亦能覆舟。根据对隋末长期战乱的观察体会，李世民感悟到，政权好比一艘大船，要想大船能够驶得稳、行得远，最重要的不在水手，而是船长要做好。所以李世民提出了"正人先正君"。

　　而在"正君"方面贡献最大的首推魏徵。

在昭陵主峰西南，有一座依山开凿的陪葬墓，和唐太宗一样"依山为陵"，这是唐代所有大臣陪葬墓形制中级别最高的，这座陪葬墓的主人就是贞观之治的代表人物魏徵。

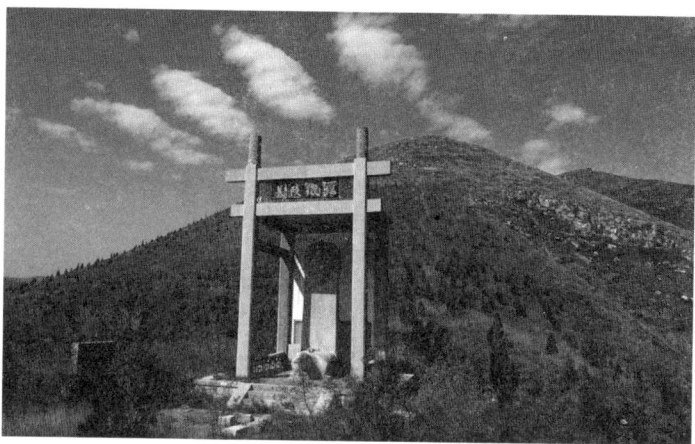

魏徵碑

魏徵原在太子李建成手下任职，也曾建议太子杀掉李世民，但李世民在玄武门之变之后不仅没有处置魏徵，反而爱惜魏徵之才，魏徵也回报知遇之恩，成为著名谏官，在贞观一朝向皇帝诤谏200余事。

魏徵还曾经对皇帝的一件家事进谏过。

在昭陵出土的400余幅壁画珍品中，有一幅无疑是其中的杰作，壁画仿自东晋顾恺之的传世之作《洛神赋图》，画面流丽飞动。这幅绝世珍品出土于长乐公主墓。

墓中还出土了一方精美的辟雍砚，这是公主生前的实用之物。长乐公主天生丽质又精通书画，作为唐太宗与长孙皇后所生的嫡长女，深受李世民宠爱。

可惜长乐公主23岁时突然暴病而亡，唐太宗悲痛地将她安葬在距离九嵕山主陵最近的地方。这一墓葬是迄今发现的公主墓中地位最高的，在其陵墓中出现了三道石门，几乎是以太子之礼下葬，充分显示了长乐公主在唐太宗心中独特的地位。

长乐公主13岁下嫁于长孙冲时，李世民下令：照妹妹永嘉长公主出嫁时的嫁妆数量翻1倍，陪送长乐公主。这道圣旨刚下达，就招来了魏徵的抗议。他引经据典，认为公主的嫁妆绝不可以超过姑姑。李世民心里不痛快，但也说不过魏徵，只好从其言。李世民回宫后向长孙皇后说明了原委，长孙皇后感叹：我和陛下乃是夫妻之情，说话时往往都还要注意你的情绪脸色，魏徵不过一介臣子，就敢犯颜直谏，真是维护社稷的国家栋梁啊。

魏徵墓碑的碑额用蟠桃作为装饰，这在昭陵所有石碑中仅此一例。有人认为，这是唐太宗借三千年才开花结果的蟠桃，寓意魏徵是千年不遇的人才。后世公认魏徵对贞观之治最大的贡献，在于其建议唐太宗改变治国方略。

李世民登基两个月之后，一场关于治国路线的辩论在大臣之间展开。唐太宗问：方今正值大乱之后，天下恐怕很难治理吧？以封德彝为代表的一群大臣都认为：治乱世必须用重典。但是魏徵认为，乱世之民人心思治，饥者易为食，渴者易为饮。经历长期战乱之后，老百姓都渴望安居乐业，统治者应该顺民心，行王道，施仁政。

唐太宗最终听取了魏徵的意见，从而制定出极其重要的治国方略：从战时体制及时转变为解兵罢战，以民为本，轻徭薄赋，发展经济。

唐太宗后来感慨地说："贞观初，人皆异论，云当今必不可行帝道、王道，惟魏徵劝我。既从其言，不过数载，遂行华夏安宁，远戎宾服。"

唐太宗采纳魏徵的建议推行王道，首先与政治对手实现和解，同时以农为本，发展生产，减轻徭赋，让百姓休养生息，提倡诚信道德。结果仅用了4年就天下大治，牛羊满山坡，人人安居乐业，户户丰衣足食，远行不必带干粮，物价低到斗米3钱。

马上打天下转型为下马治天下，唐太宗是建国伊始的皇帝中做得最好的。

以王道治国，就应该"用法务在宽简"。唐太宗命令长孙无忌、房玄龄等大臣对《隋律》和唐高祖武德年间修成的《武德律》大事精简。贞观十一年（637）修成的《贞观律》宽平简约，审慎周详，不仅确定了整个唐代国家法律的基本内容，也让贞观法制成为中国封建时代的刑法典范。

要想让大唐这艘大船开得远开得稳，还要保证它日常运营得好，国家需要有良好的管理制度、人才制度。三省六部制和科举制，都在贞观年间得到发展和完善，这是唐太宗留给后代最大的财富。

在昭陵临川长公主墓中，出土了两通珍贵的石刻诏书，一通为贞观十五年（641），唐太宗封李孟姜为临川郡公主的诏书；另一通是永徽元年（650），唐高宗加封其姐为长公主的诏书。通过这两通诏书，我们可以看到三省六部制实际运行的情况，即使是皇帝封自家的女儿、姐妹，也不是随心所欲的，要遵守国家一道道严密的组织审批规范。

一般诏书的形成，需要中书省草拟，门下省审复，尚书省颁行3个阶段。所以临川公主的册封诏书明显分为3个部分，经门下省审核后复奏皇帝，由皇帝"画可"后，付外施行，后面则是尚书省的文字，这段由尚书左仆射房玄龄签署的文字，表明尚书省遵旨施行。

由此可以看到，在唐代的大部分时期，皇帝的权力还是很受制约的。三省中门下省的核心工作，就是约束皇帝。

在贞观时代，理论上，如果门下省的官员审核不过关不签名，圣旨就发不出去，哪怕皇帝在公文上亲笔画了"可"，门下省官员照样有权把圣旨打回中书省，叫"秘书们"重拟，甚至自己提笔上阵，在皇帝已经批准的敕旨上乱改一气再扔回去。这在制度上是允许的。

在如今西安的南城墙上，从西至东有六座大门，朱雀门位于南门的西边，而在唐代，长安城隍城南城墙的正门是朱雀门。1000多年前，唐太宗来到朱雀门之上，正巧看到许多新考取的进士从门前鱼贯而出，他不无自得地说："天下英雄，尽入吾彀中矣。"

唐太宗所看到的，正是贞观时期科举制完善之后出现的前所未有的场景，它影响了中国古代历史千余年，是人才选拔制度的一次重大革新。

科举制是两汉以来中国历史上第三种官员选拔制度，前两种分别是两汉的察举制和魏晋南北朝的九品中正制。察举的执行人是政府的各级官员，从宰相到郡守均有考察推荐人才的义务。九品中正制的执行人却是多由豪门担任的名为"中正官"的专职官员，这才造就了"上品无寒门，下品无势族"的门阀政治。而无论察举或九品中正制，都不考试，结果使得考察成了形式。

科举是一定要考试的。通过由国家统一组织的考试来选拔官员，这是中国人的一大发明，可谓开现代公务员考试制度之先河。实际上同为选拔官员，科举与其他方式的本质区别就在于16个字：设立科目，统一考试，公平竞争，择优录取。

今天西安曲江池畔建起的大唐芙蓉园，在贞观年间，正是新科进士们聚会的地点。诗人孟郊在四十五六岁经过第三次科考，终于考中进士之后，写下了千古名句："春风得意马蹄疾，一日看尽长安花。"诗句道尽了万千寒门学子奔赴仕途前程的苦与乐。

唐朝能够走向盛世，成为中国古代封建王朝的一座高峰，就是因为唐太宗深知国家强盛的根本在于人才荟萃，百姓富庶。

国家头等大事只有两件：一是让老百姓富起来，二是得人用人。所以，唐太宗呕心沥血建立健全选官制度，从打破家世不拘一格起用人才，大力推行科举制度，到严格考核，绩优升迁，用贤任能，罢黜庸才，整治腐败，每一个环节都有相应的制度规定，既要让人才能够脱颖而出，又要让所有的官员都受到制度的约束。

唐太宗给唐朝设计了一张宏图，他在造一艘大船。这艘船不但有着明确的航向，更有着众多经验丰富的水手，加上严密的组织管理，各部门协调配合，井井有条。不过唐太宗并不是一位仅满足于守成的皇帝，他小心地行驶，不仅是为了躲避暗礁，更是为了立于潮头，让他的大船驶向更宽阔的天地。

作为一代天子，李世民始终不敢懈怠，在其《温泉铭》中，他不厌其烦地解释自己泡温泉是为了治疗风湿病，此举是担心后世评论他奢侈倦怠。

唐太宗带来了贞观之治，开创了大唐帝国雄功伟业的基础，使得他的后代子孙继往开来，创造了万国来朝的大唐盛世。

公元476年，西罗马帝国灭亡，黑暗的中世纪开始了。到了6世纪，西方国家在黑暗中已经越陷越深。与此同时，在中国却出现了一种完全相反的景象，这里开启了一个辉煌而自由的时代——唐朝。

大唐帝国最重要的开创者，无疑是唐太宗李世民。他奠定了中国历史上最为意气风发、国运昌隆的时代的基础。

何为盛世？历来标准不一，众说纷纭。但从老百姓朴实的感受来讲，当生活在大唐的国民走向世界的时候，只需要轻轻地说一声"我是唐朝人"，便会引来钦羡的目光，这就是盛世。

盛世其实就是这样简单。有霸气无霸道，既自信又雍容，他们深信自己的大唐王朝是世界上最文明最富强的国家。

昭陵的陪葬墓群东侧仅一沟之隔的冶姑岭上，是唐太宗妃子韦贵妃的陵墓。墓内出土的一件贴金彩绘双头镇墓兽和一对彩绘贴金天王俑堪称珍品，而墓内壁画幸免于山洪和雨水渗透的破坏，从墓道至墓室都大面积保留了下来，绘于天井两壁的两幅《献马图》笔力遒劲，气象恢宏，堪称初唐鞍

献马图

马画的翘楚之作。

《献马图》蕴藏着来自西域的一段秘史。画上的两名献
马者身材伟岸，体格健壮，皆卷发阔口，高鼻深目，是典型
的西北少数民族人物形象。左边一位牢牢抓着缰绳，右边一
位双臂紧抱马头，皆目视前方。这两幅壁画显然是画家根据西
北少数民族向唐王朝贡献良马的史实，提炼升华后绘成的。

在初唐画家阎立本绘制的《职贡图》中，我们可以看到一些更为荒远的少数民族因为景慕大唐王风，也不远万里，跋山涉水来到大唐，贡献珍物。

贞观年间，唐太宗通过军事实力，征服了东突厥、吐谷浑、高昌、龟兹、薛延陀等西部少数民族邦国和部落。战争结束后，唐太宗并没有采取民族歧视压迫政策，他说："自古皆贵中华，贱夷狄，朕独爱之如一。四海之内，皆朕之赤子。"唐太宗以开明民族和解政策改善了民族关系，加强了民族团结，被各少数民族尊为"天可汗"。天可汗即全天下至高无上的帝王。而"天可汗"的荣誉又是如何取得的呢？

中国历史上有好几个"千古一帝"，但只有唐太宗同时做好了"打天下"和"治天下"这两件事。和平时期长久地治理国家，不能用战争时期军事统治那一套，而是适当调整制度，按照法律来管理国家。

而对于民族问题，不惹事，也不怕事，则显示出大唐帝国军事实力的威武。

贞观三年（629），唐太宗任命李靖、李勣、柴绍、李道宗等为行军总管，出兵征讨扰乱西域的东突厥，拉开了大唐解决边疆民族问题的帷幕。这是自汉朝对匈奴战争之后，中原地区对草原游牧民族最大的战争。

　　昭陵陵区内有两座陪葬墓的封土非常特殊，它们都由并列的三个高大的夯土堆构成。这是为了纪念墓主人率军西征的赫赫战功。

　　其一是曾任兵部尚书的卫国公李靖。三个东西并列的封土堆，中间一座高十二米，其余两堆一个模仿突厥境内的铁山，一个模仿吐谷浑境内的积石山来塑造。另一位是凌烟阁二十四功臣之一的英国公李勣。他正是《隋唐演义》中足智多谋的瓦岗英雄徐茂公的原型。李勣墓冢的三个土堆分别象征阴山、铁山和乌德鞬山。李勣墓中出土的一顶三梁进德冠，以鎏金铜叶做骨架，以皮革张形，这是目前发现的唯一的唐代帽子实物。相传为唐太宗亲自设计，是对为国立功者最尊贵的赏赐。

　　对东突厥的战争进行到了贞观四年（630），天降大雪，李靖发动突袭，仅以3000名骑兵，顶风冒雪，攻其不备，以迅雷不及掩耳之势攻取了东突厥颉利可汗牙帐所在地定襄，威震大漠。通漠道行军总管李勣配合李靖的军事行动，从云中出发，向西北进军，中途遭遇突厥主力。突厥军张弓搭箭，一时间飞矢如雨，然而唐军穿着的铠甲挡住了大部分的飞箭。唐代的铠甲有13种，骑兵主要使用铁质的明光铠。这种铠甲的结构非常完备，堪称中国铠甲的巅峰之作。

明光铠以兜鍪护头，兜鍪两侧有向上翻卷的护耳，兜鍪还缀有垂至肩背用以护颈的顿项。胸甲一般分左右两片，居中纵束甲裈，左右各有一面圆护，或作凸起的圆弧形花纹。两肩覆盖披膊，臂上套有臂护；腰间扎带，腰带之下有两片膝裙护住大腿，小腿上则多裹缚"吊腿"。

唐军防守武器精良，进攻武器更为优良。唐军的进攻武器中最值得称道的是唐刀。李勣墓中出土了一柄木质仪刀，因为唐律禁止陪葬兵器，所以武将墓中仅陪葬象征性的武器。

唐刀与汉刀相比有了质的飞跃，刀身加宽，并且延长刀柄，使人可以双手持握，并使用了"包钢"的技术，就是部分刀身覆土，然后淬火，这样使唐刀外硬内软，拥有极强的韧性。最大的唐刀长近3米，称为"陌刀"。唐王朝的王牌精锐就是传说中的"陌刀队"。以精锐雄壮武士编队，百人齐挥刀，史称"如墙而进，人马俱碎"。

突厥国力不及唐王朝，武器装备和唐军相差太多，所以唐军战胜了突厥主力部队。颉利可汗措手不及，只得狼狈出逃。

颉利可汗派遣特使到长安向李世民求和，表示愿意归附。但这只是颉利可汗的缓兵之计，他想等到第二年春暖之后，草青马肥，再与唐军大战。

李世民答应与颉利可汗讲和，而李靖却发现此时正是彻底击溃东突厥的良机。他亲率1万名精兵至阴山，全歼了突厥的一队巡逻骑兵，而后神不知鬼不觉地靠近颉利可汗的营帐。

此时颉利可汗正因李世民答应与其讲和而扬扬自得，忽闻唐军从天而降，仓促之间难以集合兵力迎战，颉利可汗奔逃，东突厥灭国。

唐军大败东突厥之后，其部众降附唐朝的有10余万。但如何处置突厥降众，朝廷里掀起了一场激烈的争论。有人建议把这些人全部迁入内地，也有人担心这些突厥人会继续作乱。

唐太宗认为，处置少数民族的办法，历来只有"征伐和亲，无闻上策"，他推行了一条符合李唐王朝利益的新政策，决定在东突厥颉利可汗故地设置都督府，以建立特殊州府的方式管理他们。

这是中国古代民族政策中最为著名的羁縻州制度的发端。羁指马的笼头，縻是缰绳。这些羁縻府州以部落的活动范围作为羁縻州区划，以番首酋长为都护，可以世袭。居民不向国家纳税，户口不呈送户部，仅由本部酋长向朝廷进献象征臣服的土产方物。可以保留本部落原有的军队，但只能"慎守封疆"，不可擅自行动，必须服从朝廷或都护府、都督府的调遣。

从贞观年间首次在东突厥故地设置都督府开始，到开元年间最后设置黑水都督府为止，百余年间，唐朝政府先后在东北、北方、西北和西南边疆设置了856个羁縻府州，是内地府州数量的2.6倍，而856个羁縻府州占了唐王朝整个版图的三分之二以上。

在这三分之二以上的辽阔领土上，居住着突厥、回纥、奚、党项、契丹、室韦等数十个少数民族。他们与汉族相互依存、相互交往、相互吸收、相互促进。这一时期，我国统一的多民族国家逐渐形成。

在新疆出土的唐代文物中，有一些饺子、馄饨、核桃、酸梅、葡萄干、馕、宝相花纹月饼等食物的遗存，这些保存了上千年的"美味"，至今看起来仍让人垂涎欲滴。在这些食物中，馄饨、饺子、月饼都是中原地区的传统食品，而葡萄干、馕则是新疆的土特产。可见在唐代，西域地区的居民

戴胡帽女骑俑

就已经"吃遍"大江南北了。

昭陵李贞墓曾经出土一尊骑马女俑，她面貌上像汉族女子，但所戴的却是胡帽，且身着圆领长袍，衣袖瘦窄，都是女子胡服的典型式样。由此可见，当时"女为胡妇学胡妆，伎进胡音务胡乐"，胡服已成了居民的日常便服。

在昭陵出土文物中，最珍贵的雕塑除了昭陵六骏，当属十四番君长石像。2002年昭陵正门北司马门考古发掘正式启动，陕西省考古研究院在祭祀殿处发掘清理出番君长像13个像座残块，以及多个雕像躯体，经对合确认了至少 9个雕像的躯体。

这些雕像对当时各少数民族首领的容貌特征、穿着服饰等都进行了细致入微的刻画，反映出不同民族的特色。有深眼高鼻者，有满头卷发者，有辫发缠于头者，有头发中间分缝向后梳拢者，有戴兜鍪者……民族与民族之间的差异，个体与个体之间的差异，在石像上都表现得淋漓尽致。

十四番君长即唐代14个番夷君王酋长，其中有4个突厥部落可汗、丝绸之路上的4个王国的国王，还有一些更远的政权，比如南亚的婆罗门、越南南部的林邑王，以及在青海、甘肃一带的游牧王国。

十四番君长中还有一位女王，她是朝鲜半岛上的新罗乐浪女郡王金真德。十四番君长中最为人熟知的，则是与大唐文成公主成亲的吐蕃赞普松赞干布。

自北宋以来，后人对十四番君长谁在东边、谁在西边一度混淆，甚至把一个人的名字分成两个人，现在根据基座与石像的成功对接，已经把西侧的人物排列搞清楚了。西侧的番君长都是西北少数民族，分别是吐蕃赞普、高昌王、焉耆王、于阗王、薛延陀可汗、吐谷浑可汗和龟兹王。而这些国王清晰的"祖述"石刻文，是研究唐王朝与周边地方政权关系非常珍贵的资料。

从今天新疆吐鲁番市东行四十公里，即可看到一座恢宏的古城——高昌。高昌总面积达二百万平方米，全城分为外城、内城和宫城3部分。外城的东南面和西南面各有一处寺院的遗址城正中偏北是一个用红土坯筑成的高台，遗下的残破台基约有十五米高，附近发现过雕有图案的石础和绿琉璃瓦片，有人认为，这里即是麴氏王朝的宫殿遗址。

唐朝建立不久，麴氏高昌国由麴文泰继位，他以西突厥势力为后台，阻碍丝路畅通，贞观十三年（639）冬，唐王朝以侯君集为交河道行军大总管率兵出击高昌。

高昌王麴文泰听说唐军要来战，对大臣们笑着说：唐军根本来不了，因为唐都离我们有7000里，中间隔着戈壁荒漠2000里，冬天极冷夏天极热，哪能来呢！即便来了，劳师远征，多耗他们几天，他们没吃的了就得退军，到时我们就出击，一定能打败他们。

等到侯君集率大唐20万大军远征7000里，奇迹般兵临高昌城下时，麴文泰惊惧不已，突然死去，其子麴智盛仓促迎战唐军。侯君集于清晨发动进攻，升起5丈高的巢车，俯瞰城内，作为观察哨，指挥抛石车轰击，一时"飞石如雨，所向无敢当"。唐军在炮石掩护下，填平堑壕，撞击城墙，一时间，箭矢飞石犹如暴雨倾盆而下，高昌城半日告破。

现存于新疆博物馆的《姜行本纪功碑》记载了唐军攻打高昌时真正的制胜秘诀。

姜行本是一位将作大匠，是当时的高级工程师，他通晓机械构造之法。唐太宗深知征高昌是远离中原作战，既无援军，又无后勤保障，所以必须速战速决。因此他任用姜行本为行军副总管，带领大批工匠随军西征，在高昌城附近山谷里依山造攻城器械，改进过去的法式，把巢车、辒、抛石机、冲车、云梯、长矟等攻城利器改造得更加精妙。以巢车为例，士兵躲在巢车中，足以"俯瞰城中"，在它的指挥下，唐军的抛石车一打一个准。

唐朝征服高昌后，"国威既震，西域大惧"。贞观十四年（640），唐太宗在高昌故地设置西州，在交河城设置安西都护府，留兵镇守，统领西域。

贞观二十二年（648），大唐征服焉耆和龟兹，疏勒和于阗归附唐朝，安西都护府迁至龟兹。抚宁西域，大唐威势达到葱岭以西，与波斯和印度接壤。

高昌附近曾经出土过生产于公元5世纪至8世纪的绢纱和锦缎。这些隋唐时期的古代丝绸，经过千年风霜，颜色依然鲜艳夺目，图案繁复、典雅、美观，令人叹为观止。它们正是欧亚通道丝绸之路上运载的最重要的物资。

与汉朝时期的丝绸之路不同，唐朝因为控制了丝路上的西域和中亚地区，并建立起了稳定而有效的统治秩序，丝绸之路因此更为畅通。唐代开辟了天山北路的丝路分线，并将

载物骆驼俑

西线打通至中亚，因此丝绸之路的东段全面开放，加上这一时期东罗马帝国、波斯国内局势保持了相对稳定，令这条商路再度迎来辉煌。

丝绸之路不仅仅是一条商贸之路，更是传播世界文明，促进东西方交流、各民族文化融合之路。

昭陵出土文物中著名的釉陶骆驼俑，高44厘米的双峰驼，引颈昂首，张嘴嘶鸣，看来它即将踏上丝路，远征沙海。驼囊装得鼓鼓囊囊，驼囊两端横置着丝绸两卷。在丝绸下面一旁挂有猎获的山鸡、野兔以及扁壶、勺子等，另一旁吊着刀鞘、箭囊等。

从1971年至今，考古工作者在昭陵陪葬墓中陆续发掘出数百件不同造型的骆驼俑。有单峰驼、双峰驼，有载物的，有载人的，有的抬头挺胸，有的引颈嘶鸣，这些骆驼俑生动地再现了骆驼在丝路古道上长途跋涉的艰辛。当年的驼队，正是带着黄土高原的尘埃，踏破河西走廊的寂静，经新疆大漠，穿越中亚，走向西亚，最终抵达地中海东岸。

汉代开辟的丝绸之路，在唐代结出了硕果，驼铃声声的丝绸之路，成为世界上最伟大的贸易之路、友谊之路和发展之路。

事实上，虽然秦汉文明已经具有世界性，隋唐却更是世界性的超级大帝国，影响力之广，远超其版图。而最应当注意的是，大唐固然影响了世界，世界同样影响了大唐。

在昭陵出土的众多文物中，反映少数民族和世界各地人物形象的陶俑、石刻、壁画比比皆是。例如郑仁泰墓出土的头戴尖形毡帽、深目高鼻、留有大络腮胡的阿拉伯人，段简璧墓出土的穿条纹波斯裤的波斯人，还有张士贵墓出土的戴软折沿帽、尖鼻细目、留八字胡、穿翻领束袖衫、善于经商的粟特人，等等，无不显示其彪悍、精明之气。

在长乐公主墓内出土了一幅《群侍图》，图中甚至绘有一位黑肤卷发，戴大耳环，来自非洲的"昆仑奴"形象。

贞观之治在于用人与纳谏。然而几乎每一个王朝在政治清明的时候，都会任用贤才广纳谏言。那么唐朝兴盛最重要的原因，究竟是什么呢？

唐朝兴盛最主要的原因，在于其开国的恢宏气度，文化的海纳百川。唐朝是世界文化与学术的中心，具有强大的对内凝聚力和对外吸引力。唐太宗本人开明的思想，也在其中起了非常重要的作用。

武德九年（626），御史祖孝孙被委任修订大唐新的礼仪音乐。贞观二年（628）六月，祖孝孙带乐工们在朝堂之上进行首场演出，唐太宗带着文武百官一起来审定这些音乐。在朝堂上，唐太宗问大臣们，如何制定大唐新王朝的音律呢？御史大夫杜淹说：前代兴亡，实由于乐。陈将亡也，为《玉树后庭花》；齐将亡也，而为《伴侣曲》，行路闻之，莫不悲泣，所请亡国之音也。唐太宗不同意他的说法，他说，音声能感人，是自然之道，"悲欢之情，在于人心，非由乐也"。他反对听音乐亡国的看法，甚至要当场为这些大臣演奏这两首"靡靡之音"：《玉树》《伴侣》这两首曲子我都可以弹奏给你们听，我知道你们听了，肯定是不会悲伤的。

就这样，唐太宗坚决抵制了将音乐政治化的说法，魏晋以来的音乐进步得到了肯定，艺术得到了解放，这才有了唐朝盛大乐舞的恢宏场面。

更重要的是唐太宗由此确立了兼收并蓄、海纳百川的文化政策，世界上的各种宗教思想、艺术文化都登上了唐朝这个大舞台，与中国文化相融合，开创了中国古代最为开放、最有气势的繁荣盛世。

在西安唐乐宫剧院，根据唐代旧谱发掘整理出的大型歌舞史诗《秦王破阵乐》颇受观众欢迎。

《秦王破阵乐》原出于唐太宗早年打仗时的军乐。后来唐太宗命魏徵等填词，又亲自画出《破阵舞图》，让音乐家吕才按图教128个人执戈戟而舞，后来逐渐成为唐代著名的歌舞大曲，气势磅礴，场面壮观。当年露天演出的《秦王破阵乐》甚至曾引入 2000 匹马参与演出。

昭陵出土的白陶舞马，展现了大唐骏马多样的分类，说明唐朝既有驰骋疆场的战马，也有能够随着音乐翩翩起舞的马。《秦王破阵乐》中糅进了龟兹的音调，婉转而动听。事实上，西域乐舞当时在长安早已压倒中华乐舞，胡旋舞和柘枝舞更为上流社会所喜欢。

唐太宗的开明，不仅体现在文化政策上，也体现在对民族政策充满创见。唐代从长安通往蒙古高原有一条宽阔的古道，它是草原丝绸之路的一部分，名叫"参天可汗道"。今天，在宁夏吴忠市附近的贺兰山脚下，还可看到这条1000多年前的古道遗迹。

贞观二十年（646），唐军打败割据漠北的薛延陀。在唐朝强大军事力量的威慑下，漠北11个部落上表归顺，言辞十分恳切，唐太宗决定抱病赶赴灵州亲自受降。

当年八月，唐太宗一行离开长安，沿泾水北上，于九月十五日到达今天宁夏吴忠市附近的灵州。分布在宁夏北部及青海、内蒙古各处的11个部族的首领，亲自出城列队迎接唐太宗车驾。

贺兰山山势雄伟，古人称之为"朔方之保障，沙漠之咽喉"，既削弱了西北寒风的侵袭，又阻挡了腾格里沙漠流沙的东移，成为银川平原的天然屏障。现存的贺兰山"天可汗"会盟台遗址，是大唐在西部偃旗息鼓，停止战争，"欢好之念永未断绝"的象征。

当时，唐太宗就在这个会盟台上，接受漠北各部落献上的珍贵礼物，他们尊唐太宗为"天至尊""天可汗"，唐太宗也爽快地答应了将这些部落列入大唐州县的请求。

为加强与唐朝的联系，这些北方部落首领提议开通由漠北通往长安的交通要道。贞观二十一年（647），唐太宗应邀于回纥以南、突厥以北，开"参天可汗道"，"量置邮驿总六十八所，各有群马酒肉以供过使"。

丝绸之路的畅通，"参天可汗道"的开辟，不仅加强了中央对西北边疆的控制，而且空前地便利了西北与内地的经济文化交流。

李世民深知仅凭武力难以保障中原地区不再受到周边少数民族的侵扰，只有通过中原地区繁荣的经济带动周边民族发展，提高其生活水平，才能使少数民族安定下来。因此他开辟道路，设立边贸市场。事实证明，繁荣的经贸往来正是促进民族团结和边疆安定的重要因素。

大唐之"天可汗"会盟台，默默矗立在漫漫戈壁的贺兰山下，万里长城和丝绸之路在这里交会。

唐太宗不远千里来到灵州举行会盟，用会盟替代对抗，用一条多民族共同繁荣之路——"参天可汗道"代替万里长城，这是灵州会盟极其特殊的历史价值。

其实，长城自诞生起至唐王朝建立的1000多年里，春秋战国、秦、汉、北朝、隋等朝代都相继修建过，其中仅隋朝统治的38年里就曾大规模修建过 5次之多，唯独到了唐朝，对长城的修建却戛然而止。

《贞观政要》记载唐太宗曾对侍从说："隋炀帝不解精选贤良，镇抚边境，惟远筑长城，广屯将士，以备突厥，而情识之惑，一至于此。朕今委任李勣于并州，遂得突厥畏威远遁，塞垣安静，岂不胜数千里长城耶？"这表明唐太宗对隋炀帝大修长城颇不以为然，他认为富有战斗力的将军对游牧民族的威慑力其实远胜于长城。

读过唐太宗史料的人常常感受到，这样伟大的人物，作为后人虽无法望其项背，但随着他的足迹，循着他的思想，却能真切地感受到他巨大的人格魅力，得到智慧的启发。

唐太宗留下两本成体系的论政要籍：《帝范》是他写给太子李治的为君之道，《贞观政要》是后人辑录的唐太宗和大臣们的政论对话。这两本书后来被公认为是治国宝典，成为后世帝王们的必读书，连日本皇室也将其列为从政必览之作。

贞观二十三年（649）春，窗外虽然春和景明、繁花似锦，但李世民的身体已日益衰弱，他却还是常常强撑着去凌烟阁，看看曾和他一起浴血征战、为贞观辉煌殚精竭虑的老伙伴们。这时候，开国二十四功臣已所剩无几，抚摸着画像，李世民不禁伤感不已。

贞观十七年（643）太子李承乾因谋反被废，另一个嫡子李泰咄咄逼人，第三个嫡子李治过于怯懦。若立能力超群的李泰为太子，则承乾、李治一定被杀，于是唐太宗选择立李治为太子。庞大帝国交给李治，兄弟相残可免，但李治能驾驭如此复杂辽阔的国家吗？

"两度得大内书，不见奴表，耶耶忌欲恒死。"唐太宗在征辽东的路上给太子李治写了亲笔信《两度帖》，意思是说："两次收到宫里来的信，却不见雉奴（李治的小名）你的信，爸爸我担心得要死。"信中完全展示了唐太宗慈父情深的另一面。

唐太宗的精神经过太子之争的巨创后，过去的从容不见了，他急于解决所有问题。对于太子李治也不敢倚重，贞观十九年（645），他不听劝告亲征辽东。失败后，身体状况一落千丈。

贞观二十三年（649）五月，身体虚弱的唐太宗服用天竺丹药中毒，七窍流血，驾崩于翠微宫含风殿，时年52岁。

在敦煌第158窟有一幅著名的壁画——《各国王子举哀图》。各国王子听闻释迦牟尼涅槃的消息，一一赶来，有侍女搀扶着的头戴冕旒、身穿大袖裙襦的汉族王子，也有吐蕃、突厥、回纥等族以及南亚、中亚等国的王子。他们见到释迦牟尼涅槃后，十分痛心，有的割耳，有的削鼻，有的刺胸。

这样惨烈的画面并非画师们的想象，据记载，唐太宗逝世时，"回夷之人入侍于朝及来朝贡者数百人，闻丧皆恸哭，剪发，剺面，割耳，流血洒地"。这幅创作于唐朝的《各国王子·举哀图》当是借鉴了当时人们哀悼唐太宗的场景。

昭陵陵区内碑刻众多，除了唐代的碑刻，还有众多后代帝王祭祀唐太宗时留下的石碑。这些祭祀石碑表达了后世帝王对唐太宗李世民由衷的尊崇。而在中国所有帝王陵寝中，由后世历代皇帝的祭祀石碑组成专门祭台的，唯有唐太宗李世民。

清乾隆皇帝曾称赞唐太宗："余尝读其书，想其时，未尝不三复而叹曰：贞观之治盛矣。"

昭陵中最大的谜团当属天下第一行书《兰亭集序》，若真如民间流传的一样被温韬盗出，为何世上只有《兰亭集序》的摹本，真迹从未现身过？

李世民喜爱书法，他将王羲之的《兰亭集序》放于枕边日日研习，并让手下大臣大量临摹晋代书法。

西安碑林内有块《大唐三藏圣教序碑》，是太宗李世民被玄奘西游艰苦取经的事迹感动，为其所译经文撰赐的序文。唐太宗希望用王羲之的字体来刻碑，长安洪福寺高僧怀仁历经二十年，终于按序文把王羲之的字一个一个地搜集起来，成就了这块王羲之字体的《圣教序碑》。

唐怀仁和尚《集王圣教序》

中国文化在书法艺术天地中得以承袭，滋润着后人的精神家园。

历代评论李世民的一生，除对其弑兄和亲征高丽二事略有微词外，无不交口称赞。宋代欧阳修、宋祁在《新唐书》中赞美唐太宗一生虚心纳谏，始终居安思危，"甚矣，至治之君不世出也"。

"九天阊阖开宫殿，万国衣冠拜冕旒。"正是由于贞观时期唐太宗海纳百川、开明开放的治国思路，才使大唐有了这样傲视群雄的气度。大唐铸造的强盛国力和开放包容的大唐文化，使中华民族在人类文化共同体的国际舞台上，赢得了世界空前绝后的尊崇。

可以说，贞观之治是由一个从马上打天下成功转型为下马治天下的皇帝，和一群不畏权贵的大臣、一套分权制衡制度，以及一种开放、自信、融合的价值观，共同创造的一个万国来朝的伟大时代。

唐太宗与贞观之治，是一个人与一个时代的不期而遇。一个时代因一个人而登上历史的巅峰，一个人因一个时代而名垂千古。

皇一朝一背一影

HUANGCHAOBEIYING

乾陵无字碑

在中国历史上，有一个叫武则天的女人，14岁被唐太宗李世民封为五品才人，31岁被唐高宗李治立为皇后，66岁登基做皇帝，81岁退位。她协助丈夫唐高宗李治，扶助儿子中宗李显、睿宗李旦，实际治理国家50年，维护了大唐帝国的统一和强盛。

武则天为自己取名"曌"，决心以自己的光芒照亮大唐的天空。

弘道元年（683），56岁的唐高宗李治在东都洛阳驾崩。

按照唐朝的礼制，帝王陵墓的具体位置要通过堪舆的办法来选择，唐高祖李渊的献陵和唐太宗李世民的昭陵都是经过堪舆选定的。

武则天照例派出卜陵使前往关中堪舆。登临乾陵所居的梁山之纵，卜陵使发现，这是一处绝佳的风水宝地，并且非常有利于女主。身为皇后的武则天，不仅把梁山选为丈夫唐高宗的陵地，而且将梁山定为自己百年后的万年寿域，并将陵墓的名称定为乾陵。

乾陵，在东方帝王谷中是一座独一无二的陵墓。唐高宗李治在病死后的第二年，即公元684年，葬在乾陵，之后乾陵工程还在继续进行。

21年后的神龙元年，即公元705年，武则天去世，第二年与高宗合葬乾陵。

乾陵是陕西关中地区唐十八陵之一，位于陕西咸阳市乾县城北六公里的梁山上，东距西安80公里，位于唐长安城西北的"乾"地。从考古探测图来看，乾陵陵园基本呈方形，东、南、西、北四面分别有长度为1500米左右的墙垣。昭陵开创了唐代因山为陵的形制，乾陵将其做到极致，并跻身世界著名陵墓之列，可与依托沙漠的埃及金字塔、依靠河畔的印度泰姬陵媲美，呈现出宏大的气势。

乾陵大体上是模仿唐高宗生前的生活环境设计的，所以在封域之内有两重城郭。第一重城郭是地宫和寝殿的所在地，相当于皇帝居住的宫城；第二重城郭是朝仪的所在，相当于国家机关所在的皇城。皇城之外，封域之内的大片地方为陪葬墓区，相当于外郭城或百姓居住的地方。

乾陵所在的梁山海拔1047.9米，为石灰岩质的圆锥形山体。梁山有三峰，北峰最高，即为乾陵；南面两峰东西对

乾陵东门阙址

峁，上面各有一个土阙，是乾陵的天然门户。

从乾陵第一道门踏上石阶路，共有18座平台、537级台阶，其台阶高差为81.68米。匠心独具的设计赋予了平台与台阶种种深刻的含意。18座平台象征唐朝皇帝在关中的18座陵墓；第一层34级台阶象征唐高宗在位34年；第二层的21级台阶象征女皇武则天执政21年；第九层的108级台阶象征佛教的108颗念珠，每月的初九为吉祥日，12个月的九相加正好为108，象征每年会降下108个吉祥；第十七层的21个台阶象征唐朝历任21个皇帝；最后一个平台8级台阶象征八卦，八卦以乾为首、为上，因而乾陵也意味着天陵。走完台阶即是一条平宽的道路，直到"唐高宗陵墓"碑。宽阔的司马道长约四公里，直通地宫墓门。

1958年11月，当地几个农民放炮炸石，无意间炸出了乾陵的墓道口。

1960年2月，陕西省成立了"乾陵发掘委员会"，4月3日开始发掘乾陵地宫墓道，5月12日墓道砌石全部露出。墓道砌石情况与《旧唐书·严善思传》的记载相同："乾陵玄阙，其门以石闭塞，其石缝隙，铸铁以固其中。"考古工作者在陵山周围没有找到盗洞和被扰乱的痕迹，从而证明乾陵是现如今未被盗掘的唐代帝王陵墓之一。

这无疑是一个喜讯，然而墓主二人的生平业绩与是非功过又如何呢？

乾陵的墓主人是唐高宗李治和中国历史上唯一的女皇帝武

则天。

武则天在我国可谓妇孺皆知，与之相比，李治就没有那么大的名气了。

公元628年7月21日，李治出生在东宫丽正殿，是唐太宗李世民第九子，其母为文德顺圣皇后长孙氏。

公元649年，唐太宗去世，太子李治即位于长安太极殿，成为唐朝第三位皇帝。高宗登基之初，就把唐太宗时的三日一朝改为一日一朝，勤勉执政，并重用太宗旧臣李勣、长孙无忌、褚遂良，照太宗时法令执行，颇有贞观之治遗风。公元651年，高宗下令凡是所占百姓田宅一律还给百姓。高宗在位期间，社会经济持续发展，全国人口从公元648年的360万户，增加到公元652年的380万户。

公元652年，李治编成《唐律疏议》，这是中国现存最完整、最古老的一部典型的封建法典。它全面体现了中国古代法律制度的水平、风格和基本特征，成为中华法系的代表性法典，对后世及当时周边国家产生了极为深远的影响。

公元655年，高宗李治下诏废王皇后，十一月立武则天为后。

5年后，李治患病，"风眩头重，目不能视"，难以及时处理国家大事，武后代其处理朝中事务，顺理成章地参与朝政，辅佐唐高宗。李治在武后的建议下使用"天皇"称号，与"天后"武氏并称"二圣"。

公元674年，武后向李治提出建言十二事：劝农桑，薄赋徭；给复三辅地；息兵，以道德化天下；南北中尚禁浮巧；省功费力役；广言路；杜谗口；王公以降皆习《老子》；父在为母服齐衰三年；上元前勋官已给告身者无追核；京官八品以上益禀入；百官任事久，材高位下者得进阶申滞。

这12条建议，涉及范围很广，关系到政治、经济、军事、社会等各方面，有利于发展经济，争取民心，巩固其统治地位。

公元683年，56岁的高宗李治弥留之际发布诏书，公开赞扬武则天的政治才干：比来天后事条，深有益于政，言近而意远，事少而功多。务令崇用，式遵无怠！军国大事有不能决断者，请天后处理决断。

武则天懂得文史，才能出众，政权由高宗向她手中转移的趋势已经形成。高宗驾崩后，武则天力排众议，遵从高宗

乾陵石人

遗愿，一举打破帝陵之前不竖碑碣的传统，不但为高宗高竖丰碑，而且还挥洒5000字雄文，道尽高宗的光辉伟业。

公元684年高宗入葬乾陵的时候，高大的《述圣记碑》被竖立在朱雀门西门阙楼外。《述圣记碑》通高7.5米，方柱形状，宽1.8米，底座边长2.89米。顶部呈庑殿式，四角各有一根擎举的承檐椽。碑体由5块方石榫卯套接而成，连同碑顶碑座共7块，意取七曜光耀，俗称七节碑，重约90吨。

《述圣记碑》碑文5100余字，46行，由中宗李显遵母命书写。武后执笔写下了泱泱五千言的骈体文《述圣记》。文章从缅怀先祖先皇的丰功伟绩开篇，简要追述了先帝高祖和太宗从晋阳首义到平定天下的史绩，着重记述了高宗李治的一生，特别是自太子监国到驾崩前的重大历史贡献。一桩桩往事涌上心头，悲悲戚戚，情不自禁。

历经1300余年的风雨洗礼之后，碑上的文字已经残缺，透过这些残留的文字，人们总是用复杂而又神秘的眼光去解读一个女皇。如果只是从"人本"角度去解读，字迹模糊的巨碑上，清晰地展现着一个女性的真挚情感和人文情怀。

但《述圣记碑》与臣民墓前的碑碣不同，除了歌功颂德以外，它是武则天发布的李唐朝政局势的晴雨表，也是对保守与顽固势力的挑战。

从公元674年武则天以"天后"之尊开始执政，至公元690年正式称帝的16年中，武氏为当皇帝做了大量的准备，采取了多种有力有效的措施。

首先，在王位的继承上，高宗想禅位于李弘，武后不念母子之情，将李弘毒死。后李贤被立为太子，并被高宗委以监国之任，处理政务颇为精干，而武后却废李贤为庶人。李显被立为太子后，高宗驾崩。中宗李显刚刚继位，武后便以皇太后名义临朝称制。一年后废掉中宗，改封庐陵王。后立四子李旦为帝，称睿宗。

公元690年，武则天称帝的条件已经成熟，僧人法明广造舆论："武后为弥勒佛转生，当代唐为天子。"以唐睿宗为首的数万臣民上表劝进，请改国号。9月，武则天在"上尊天示""顺从众议"的"万岁"声中，举行隆重的登基大典，即皇帝位，改国号为"周"，建立武周王朝，定洛阳为都，改称神都。

这一年，武则天66岁。

如果说武则天在称帝前辅佐唐高宗30余年参政执政的政治生涯中，已显示出惊人的政治谋略和手段，那么在称帝之后，她更加充分地展现了在治国方面的杰出政治才能和政治家的气魄。她昭告天下，继往开来的新时代已经到来。

武则天被立为皇后以后，把曾经反对她做皇后的长孙无忌、褚遂良等人一个一个地都赶出了朝廷，贬逐到边远地区。这对于武则天来说，是杀鸡儆猴的手段，但这些关陇贵族和他们的依附者，在当时代表着一种既得利益的保守力量。把他们赶出政治舞台，标志着关陇贵族从北周以来长达一个多世纪统治的终结，也为社会进步和经济发展创造了一个良好的条件。

武则天登基后提倡科举，破格用人，实施改革和创新，提高进士科的地位，举行殿试，开创武举、自举、试官等多种制度，让出身寒门的子弟有一展才华的机会，选拔了一批杰出的人才，这些人才成为武周政权的中流砥柱，如狄仁杰、姚崇、宋璟，姚宋二人后来成为开元时期的贤相。

武则天在洛城殿对贡士亲发策问，遣"存抚使"10人巡抚诸道，推举人才，一年内共举荐100余人，武则天不问出

无字碑

身，全部加以接见，量才任用。

武则天虽以官位收买人心，但对不称职的人也会加以罢黜。因她明察善断，所以当时的人才都乐于为武则天效力。

乾陵司马道的两侧排列有124件雕刻精美、神态生动的石雕。其中一种是文武侍臣，老百姓称为"翁仲"。在皇权高于一切的时代，这些翁仲恭顺谦卑，双手握剑，肩微微前倾，头微微低垂，低眉顺目。

据说翁仲本是秦朝的一位将军，后来演变为对守护陵墓石人的称呼。乾陵、定陵和桥陵各有10对石人，均双手拄剑，泰陵以下13座唐陵也各有10对石人。从这些翁仲身上，也可以看出唐代雕刻艺术的阳刚之美。

武则天称帝后，改变了整套官职称谓和行政组织。如同700年前的王莽一样，武则天也以《周礼》为依据，还创造性地发明了若干非用不可的新字，颁布于天下，推广使用，并称之为"则天新字"。所造新字中就包括"曌"字，该字是日月当空、普照天下的意思。武则天造字，不合文字发展规律，全是以繁代简，多带有封建迷信色彩，在其当权时，人们被迫遵从，一旦人死权消，就被世人遗忘了。

武则天掌权以后，大兴水利，重视农业，令人编撰了《兆人本业记》颁发到州县，作为州县官劝农的参考。她认为"建国之本，必在于农""家足人足，则国自安"。

武则天继续推行均田制，在边远地区实行军事性屯田、营田，以境内农田经营好坏作为奖惩地方官吏的标准，成效显著。这些措施促进了农业生产的发展：其一，国家仓库里储满了粮食；其二，地方储粮亦很丰富；其三，户口显著增加。

武则天执政后，边疆并不太平。西方西突厥攻占了安西四镇；吐蕃也不断在青海一带对唐展开进攻；北边一度臣服的东突厥和东北的契丹一直打到河北中部。

公元692年，武则天批准西州都督唐休璟收复龟兹、于阗、疏勒、碎叶等安西四镇的请求，并慧眼识英雄，在众多的将领中擢拔王孝杰为全军主帅、武威军总管。王孝杰率军大破吐蕃，一举收复安西四镇。唐王朝置安西都护府于龟兹，派兵镇守，加强了对西域的统治。

公元702年，武则天又在庭州设置北庭都护府（故城在今新疆吉木萨尔县），与安西都护府分别管辖天山南北两路，维护了国家安全和版图完整，促进了中外经济、文化的交流，增进了与中亚人民的友谊。

唐代的版图以高宗时期为最大，东起朝鲜半岛，西临咸海，北包贝加尔湖，南至越南横山，这一疆域维持了32年。

乾陵最引人注目之处，就是朱雀门外神道东西两侧分布的两组石人群像，这些石人残像大小和真人差不多，专家们把这些石像称为"番像""宾王像"，也称"六十一番臣像"。

这些石人像整齐恭敬地排列于陵前，西侧32尊，东侧29尊，共61尊，是当时唐王朝属下的少数民族官员和邻国王子、使节。武则天为宣扬大唐威势，将他们的雕像立于陵前。他们穿着打扮各不相同，有袍服束腰，也有翻领紫袖。但他们都双双并立，两手前拱，姿态极为谦恭，仿佛在这里列队恭迎皇帝的到来。61尊番臣像，让人回想起大唐"九天阊阖开宫殿，万国衣冠拜冕旒"的场景，回想起华夏协和万邦，迎接八方来客的盛世景象。

武则天是一位诗人，大唐盛世感动了她，她写下了这样的诗句：千官肃事，万国朝宗。载延百辟，爰集三宫。君臣德合，鱼水斯同。睿图方永，周历长隆。

石人像的背部刻有国别、官职和姓名，今字迹可辨认者

乾陵蕃臣像

有"木俱罕国王斯陀勒""于阗王尉迟敬""吐火罗王子持
羯达犍""默啜使移力贪汗达干""播仙城主何伏帝延"等
7尊。

但最为奇怪的是，这些石像都没有脑袋，这就让人产生
了疑问，为什么乾陵会用这些没有头的石像守陵呢？

如果仔细观察它们，会发现这些石像的脖子上有头部被

砸掉的痕迹。那么，这些石像的头部失踪是人为的呢，还是天灾？

关于这些石像无头的原因，现在还不明确。民间传说石人成妖，践踏庄稼，被当地百姓打掉了头。也有人说，番像头可能是在近代被外国文物贩子掠走的。考古学者据有关资料分析认为，这些番臣像的破坏有自然的因素，也有人为的因素。

在明代以来关中地区所发生的大地震中，可能有一些番像仆倒，甚至摔坏。但大部分番像的头可能是被人故意打掉掠走的。由于这些石像的头部均失其所在，我们已无法弄清这些番臣的具体相貌。

科举出身做到高级官吏的文人越来越多，大大刺激了人们参加科举积极性，更刺激了文人读书学习的热情。这就是沈既济所说的"浸已成风"。开元天宝年间"父教其子，兄教其弟""五尺童子耻不言文墨焉"的社会风气，就是从武则天时期开始的。正是文化的普及，推动了文化的全面发展，崔融、李峤都是这个时期涌现出来的著名的诗人和文学家，雕塑、绘画也达到了前所未有的水平。

乾陵无字碑

武则天本人尊儒、宠道、信佛，她命人把三教之精华汇为一本《三教诸英》，并大施恩典于佛教会，册封僧侣，建立寺院，兴建佛家圣地，铸造洪钟与佛像。神龙元年（705）正月，武则天病重，卧床不起。宰相张柬之、崔玄暐与大臣敬晖、桓彦范、袁恕己等，联合右羽林大将军李多祚发动兵变，逼武则天退位，迎唐中宗李显复位。武周王朝结束，唐朝恢复，百官、旗帜、服色、文字等皆复旧制，神都复为东都。

同年冬，武则天去世，享年81岁。

这一年，武则天的丈夫唐高宗李治已入葬乾陵21年，如果想把武则天的棺椁放进乾陵，就必须要再启地宫。根据封建帝王丧葬规制，不能"以卑动尊"，但身为皇帝的李显表现出超乎常规的孝心，他说：母亲的遗愿我怎么可以不遵守？于是第二年，李显把武则天的遗体安葬于乾陵，与父亲唐高宗李治合葬，完成了母亲最后的心愿。

武则天去世后，留下一块高大的无字碑，立于乾陵。无字碑北靠东阙，南依翁仲，西与《述圣记碑》相对，巍峨壮观，雕刻精美，为历代群碑之冠。无字碑通身取材于一块完整的巨石，高753米，宽21米，厚1.49米，总重量约8吨，给人以凝重厚实、浑然一体的美感。

碑额未题碑名，碑额阳面正中一条螭龙，左右侧各4条，共有9条螭龙，故亦称"九龙碑"。碑的两侧有升龙图，各有一条线刻而成、腾空飞舞的巨龙，栩栩如生。碑座阳面还有线刻的狮马图，长214米，宽0.66米，其马屈蹄俯首，雄狮则昂首怒目。碑上还有许多花草纹饰，线条精细流畅。

后来有人无意间发现在无字碑的阳面，从上到下刻满了方格，每个长4厘米，宽5厘米，排列整齐。经考证，这些方格并不是后人刻上去的，只有一种可能，它们是当初为在石碑上刻字而准备的，由此可以推测，当时已经准备好了碑文。

根据留在碑面上的格子计算，碑文大约有3300字。那么，为什么已经准备好的碑文没有刻在石碑上呢？

历史学家做出了这样的推测：武则天生前已经撰写好了碑文，并交给了李显。李显虽是武则天的亲生儿子，却长期在惶恐中度日，重登皇位后虽然不能发泄憎恨，但也讲不出对母亲歌功颂德的好话，只好不说也不刻，为武则天留下一块无字碑。

从现存城垣遗迹来看，乾陵墙垣的建筑主要有两种方式：一是用石条砌筑墙基，二是下挖土壕。乾陵城垣四面中部各开一门，四门外各有土阙一对，土阙上建有土木结构的楼阁。唐初献、昭二陵门址详情已不易弄清，乾陵内城四门则清晰可辨。乾陵门楼均为三出阙，一个母阙，两个子阙。

在乾陵，对人们吸引力最大的，莫过于掩藏于青草和灌木林之下的地下宫殿了。无穷的悬念，就藏在它隐秘地宫的深处。高宗和武则天安息的地下世界是什么样呢？至今还是一个令人神往的谜。

根据西安文保中心有关专家对乾陵地宫的探测，结合已发掘的乾陵陪葬墓和有关文献，我们可以对乾陵地宫进行探索性描绘：

乾陵三阶三阙布局图

穿过近百米长，约4米宽，数十米深，呈斜坡形的墓道后，便是地宫的第一道汉白玉石门。这道石门比唐宫大门略小，高5米、宽4米左右。门上各处精雕细刻着象征吉祥和权力的花草人物图案，门虽重达百吨，仍可开闭。门道布有陷阱，门后两旁装有暗器，用以防备盗陵者。整个墓道里撒满了货币，表示富有和吉祥。墓道两旁绘制有色彩绚丽的大幅壁画，象征着陪宫的石窟对称地排列在甬道两侧，里面置有大量的陪葬品。

墓室由前、中、后三个墓室组成，或有耳室。前室设有"宝帐"，帐内设神座，周围放置玉质的"宝绶""谥册""哀册"。中室置棺床，以放置皇帝的"梓宫"，即棺椁。"梓宫"的底部有防潮、防腐材料，以珍宝覆盖，其上加"七星板"，板上置席、褥，旁置衣物及珪、璋、璧、琥、璜等"六玉"。地宫的后室设石床，其上放置衣冠、佩剑、千味食及死者生前的喜好之物。

武则天在这座神秘的地下宫殿静卧了1300多年，她的长相也是一个谜。大学者郭沫若先生生前曾对武则天的长相产生过浓厚兴趣，他认为张萱的《唐后行从图》中那个丰满雍容的"唐后"就是武则天。张萱是唐代画家，有《捣练图》

《明皇纳凉图》《整妆图》《卫夫人像》《虢国夫人游春图》《唐后行从图》等传世。由于张萱多绘宫中仕女，推测他曾任过宫廷画师，见过武则天，所以将武则天的模样留在了《唐后行从图》中。

但是，现在民间出现频率最高的武则天画像，并不是《唐后行从图》中的"唐后"，而是头戴凤冠的一张画像，这大概也是大家心目中的武则天形象。此画像出自明弘治十一年（1498）刻本《历代古人像赞》。但这些形象也可能是想象出来的。

武则天还有不少石像，目前最古老的一尊在她的出生地——四川广元的皇泽寺，据说此像与真实的武则天比较接近。还有专家研究考证，最接近武则天相貌的石像，是洛阳龙门石窟中的卢舍那大佛。

公元650年，也就是唐高宗即位后的第一年，卢舍那大佛开凿，时为昭仪的武则天捐钱2万贯。佛像一凿就是25年，直到唐高宗上元二年，即公元675年才告完工。这座高高的卢舍那大佛，就是武则天的仪表与姿容，大佛的头部就是武则天25岁时容貌的再现，也有学者认为是武则天44岁时的写真。卢舍那大佛，也许是唐高宗送给武则天的礼物。她那沉着、安详的神态显示了母仪天下的威严与风度。

武则天死后葬入乾陵，在地宫陪伴着她的丈夫李治，但幽门重闭并没有给她和她的丈夫带来安宁。

千百年来，不同的人为着不同的目的，一再把目光停留在这块神秘的宝地，并且演绎出各种各样的故事。

公元880年，时为唐朝末年，中原大地发生黄巢之乱，黄巢动用40万大军打算盗掘乾陵，但挖出一条40余米深的大沟，也没找到墓道口，只好悻然作罢。至今在梁山主峰西侧仍有一条深沟，被称为"黄巢沟"。

为何如此？这是由于乾陵地宫入口处的地表，做了非常巧妙的伪装处理，把当年开凿地宫时产生的废石渣，搬运到1公里之外，给后世盗墓者以误导。

五代时耀州节度使温韬，是有官衔的大盗墓贼。他财大气粗，公然驱动数万人在光天化日之下发掘乾陵。不料人马才上梁山，霎时黑云密布，电闪雷鸣，人马被暴雨冲下了山，随之天气忽然又转晴。温韬惶恐中忧惧自己盗墓之举忤逆天意，从此断绝了发掘乾陵的念头。

乾陵无字碑

民国初年，国民党将领孙连仲亲率一团人马，也想学孙殿英炸慈禧墓的样子，以军事演习为幌子，炸开墓道旁的三层岩石。据传说，爆炸声中，一团黑烟腾空而起，在空中扭结成一条黑龙，黑龙一声怒吼，最先发掘乾陵的7个山西籍士兵吓得喷血而死，其他人则落荒而逃。人们传说："武则天是山西文水县人，最恨她老家的人来掘她的墓！"

这些传闻，有的见诸史书，也有的在民间流传，是真是讹，言人人殊。但有一点是可以肯定的：乾陵是唐十八陵中唯一未被盗掘的唐代帝陵。乾陵未曾被盗掘，原因何在？

1960年4月3日，考古工作者在梁山主峰的南面中腰处，找到了通往乾陵地宫的隧道大门。这条隧道也叫"羡道"或"诞道"，在这条长约63米、宽近4米的隧道里，共选砌了39层、4000余块大小不同、重达1吨至2吨的石条。在每块石条上面还凿出燕尾凹槽，将铁质燕尾板镶嵌在其中。缝隙之间，再浇筑铁锡浆液，从而使石条上下浑然一体，说乾陵固若金汤，一点也不过分。

由此看来，乾陵未曾被盗掘的一个原因，是它的庞大和坚固。

145

陕西发现乾陵隧道，引起全国上下的关注。时任中国科学院院长的历史学家郭沫若提议发掘乾陵。然而，周恩来总理权衡利弊，思之再三，在《乾陵发掘计划》上提笔批示："我们不能把好事做完，此事可以留作后人来完成。"之后，国务院又再发通知要求"全国帝王陵墓先不要挖"。乾陵的发掘就此停止。

在长达半个多世纪的岁月里，武则天和她的丈夫统治着当时世界上人口最多、名望最为显赫的帝国。他们死后，中宗、睿宗又将2位太子、3位王子、4位公主、8位大臣等17座陪葬墓，按照墓主人生前的地位高低，由远及近地排列陪葬于乾陵。东方帝王谷中的乾陵更显宏伟、壮观。

公元699年，75岁的武则天"虑身后太子与诸武不相容"，将李武两大家族和满朝文武召集到明堂，举行神圣而庄严的仪式，命皇太子、相王、太平公主与梁王武攸暨、定王武攸宁等人立誓文，向天地神灵保证李武之间和睦相处，永结为好，并告天地于明堂，铭之铁券，藏于史馆。

然而，仅仅过了两年，还是在这座明堂，19岁的懿德太子李重润、17岁的永泰公主李仙蕙和21岁的魏王武延基3位青年在大堂下等候处罚。

武则天怀着极其沉痛的心情下旨：杀！

在陕西乾县的乾陵东南隅，分布着2位太子、3位王子、4位公主、8位大臣共17座陪葬墓，这些墓按照主人生前的地位高低，由远及近地排列开来。

乾陵陵园及其陪葬墓图

其中就有生前深受武则天宠爱的皇太孙懿德太子李重润的墓。

1971年7月至1972年5月，考古人员对这座墓进行了发掘。大墓地表有双层封土，呈覆斗形，南北长56.7米，东西宽55米，高17.92米。整个陵园南北长256.6米，东西宽214.5米，陵园四角有夯土堆各一。南面有土阙1对。阙南有石狮1对，石人2对，1对只残留底座；石华表1对，已残，倒塌后埋入土中，周围设围墙。地下由斜坡墓道、6个过洞、7个天井、4对小龛、前后甬道和方形前后砖室组成，全长100.8米。

葬具置于后室，为庑殿式石椁，外壁雕饰头戴凤冠的女官线刻图，墓壁满绘壁画，保留约40幅。墓道两壁以楼阙城墙为背景绘太子出行仪仗，过洞绘驯豹、架鹰、宫女、内侍等。第一、二天井绘列戟，为天子之制。甬道及墓室壁面绘持物宫女、伎乐等宫廷生活画面，墓顶绘天象。

虽然大墓已遭盗掘，但仍出土文物1000余件。有太子哀册、俑、三彩器和鎏金铜马饰等。1971年，考古工作者发掘懿德太子墓时，在墓室石椁内发现一男一女两副残缺不全的人骨架，其中有男左肱骨、左右股骨、骨盆和女左右肱骨、左右桡骨。经鉴定，在男骨盆上有一条明显的骨骺线，断定其年龄不超过20岁，与文献记载懿德太子卒年仅19岁，和以裴粹亡女配冥婚合葬均相符合。

懿德太子生前未曾婚配，死后实行阴间结婚，即冥婚。冥婚早在西周时代就已产生，是我国古代一种颇为特殊的婚姻形式，又叫"鬼婚"或"嫁殇"，就是把已死的男女结成婚姻关系并合葬在一起，是一种原始的鬼魂崇拜，在周代被看作是"乱人伦"的行为而以礼禁之。实际上这种风俗后来并未得到禁止，反被历代统治者所利用，蒙上了浓厚的政治色彩。

懿德太子李重润是唐中宗李显与韦氏之长子，生于公元682年，取名李重照，出生后不久即被立为皇太孙。公元684年，两岁的皇太孙被废为庶人，随被废除太子身份的父亲中宗流离于均州、房州等地。因避武后"曌"讳，时年8岁的懿德太子李重照改名李重润。16岁时因其父中宗复为太子而被封为邵王。公元701年，19岁的李重润被祖母武则天下旨所杀。

站在懿德太子墓顶上，可以看到临近乾陵的另外一座陵墓——他的妹妹永泰公主、魏王武延基夫妇合葬墓。

她是中国历史上唯一一个坟墓被称为"陵"的公主，规格与帝王相等。

永泰公主李仙蕙，生于684年，唐中宗李显第七女，母为韦皇后，初封永泰郡主。15岁以郡主身份下嫁武承嗣之子魏王武延基。公元701年，17岁时，她与21岁的丈夫武延基，还有19岁的哥哥李重润，被祖母武则天下旨所杀。

千年之后，我们仍能够想象得到，作为祖母的武则天和作为父亲的李显，在失去亲生骨肉时那黯淡哀伤的心情。

三位青年究竟做了什么？他们是怎样命丧黄泉的？

公元655年，极受唐高宗宠幸的武则天，在内宫的斗争中稳操胜券，高宗正式册立武则天为皇后。自此，皇家内宫大权集于武氏之手，从那一年起，李武两大家族的权力之争从未停息过，李氏皇室后裔遭受了毁灭性的打击。

公元660年，高宗李治因患风眩，目不能视，遂下诏委托武后协理政事。自此，武则天从参政步入执政。武则天人虽在幕后，却掌控了朝廷实权。公元674年，武则天以"天后"之尊开始执政。当时，高宗想禅位于长子李弘。史料记载，李弘是得肺结核猝死的，但有不少人认为李弘是被武则天下药毒死的。

李弘死后，李贤继立。李贤，唐高宗第六子，武则天次子，高宗子女中比较有才华的一个，容止端庄，上元二年（675）立为皇太子。

李贤处理政务颇为精干，被高宗委以监国之任。李贤召集大儒张大安等注《后汉书》，书中追溯到汉高祖刘邦死后，其妻吕后大量起用吕氏族人，排挤朝廷大臣，篡夺汉室刘姓天下的史实。武则天认为这是在含沙射影地将她比作吕后，于是忌恨在心。为了保护自己，李贤不得已在他居住的东宫马坊里暗藏武器，以防不测。

武则天发现后便以私藏武器、图谋不轨为由，将李贤废为庶人，流放到巴州（今四川巴中）。武后废李贤为庶人后，立三子李显为太子。公元684年，李贤在巴州神秘地死去，年仅31岁。李贤之死，众说纷纭。有学者认为，是武则天怕李贤东山再起而派人害死的。

公元683年，高宗驾崩，中宗李显继位，武后以皇太后名义临朝称制。

一年后，武则天便废掉中宗，将其改封庐陵王，立四子李旦为帝，即睿宗。李显、李旦都是平庸无能之辈，在皇帝位上也是傀儡，处处受制于武则天。

公元690年，武则天建立武周后，武氏子侄封王，10余年间，武氏势力一路飙升，一度凌驾于李唐皇室之上，荣贵之极。李显、李旦等李唐旧皇室权势衰退，而以武则天侄子武承嗣、武三思为代表的武周新皇室势力崛起，对武周初期政权的稳定与巩固，确实起到了一定的积极作用。

但随着武则天年事渐高，两大势力的争斗也影响着武周政权的走向，特别是立嗣问题，武则天一度犹豫不决。传位不仅仅是权力归属，还关系到武则天身后的归宿。这让她一时拿不定主意。

据《资治通鉴》二〇四卷记载，宰相李昭德向武则天进言说：唐高宗李治，是陛下的丈夫；皇嗣，即李旦，是陛下的儿子。陛下自己拥有天下，应当传给子孙作为万代家业，怎么能用侄子为继承人呢？自古以来，没有听说侄子做天子而为姑母立庙的！况且陛下受天皇临终托付，如果将天下交给武承嗣，则天皇就无人祭祀了。

武则天犹疑之下，同意了这种判断。

公元698年，武则天卧病不起，李旦请求母亲让位于哥哥中宗。随后，李显从房陵被召还，九月，立为皇太子。立嗣之争以李显复太子位、武承嗣郁郁而终暂告一段落。

处心积虑地修好李武关系，反映了武则天在政权交接问题上的忧虑和担心。这一系列的举措能否奏效，能否达到预想的目的，其实她自己也心中无底。李武关系是武则天的心病。

洛阳紫微宫的明堂，于公元688年建成，号称"万象神宫"。万象神宫高90余米，富丽堂皇，成为武周王朝的政治中心，每年举行祭天地的仪式，同时迎接各地使节。明堂是帝国国运的象征，见证了大唐帝国的盛衰沉浮、荣辱变迁，同时也见证了李武两大贵族集团的斗争。

"明堂盟誓"不久，武则天又亲自撰写了《升仙太子庙碑》等，褒颂先贤不贪权位的高德，暗示李氏与武氏要学先贤的高德，不因贪权势而互相争斗不息。

这次明堂盟誓的内容虽无文献记载，却有对违约的诅咒和惩罚条例："有贰其德，兴兵动众，明神鉴之，百殃是降，子孙不育，社稷无守，世世勿敢犯。"对违约的处罚和诅咒十分严厉。

武则天将新都郡主嫁与嗣陈王武延晖，永泰郡主嫁与武承嗣之子武延基。之后，安乐公主也嫁与武三思之子武崇训。武则天希望通过进一步加强李武两族的联姻，实现政权的平稳交接。

明堂盟誓后，武则天觉得解决了李武相争的问题，没有什么棘手的问题了，她志得意满，写下了这样的诗作：仰膺历数，俯顺讴歌。远安迩肃，俗阜时和。化光玉镜，讼息金科。方兴典礼，永戢干戈。

当时，76岁的武则天已经进入真正意义上的暮年，老病缠身的她居住在长生院，长时间不能上朝，宰相们都不能进去拜见，她对朝政的控制力自然也逐渐下降。

然而，武则天并没有真正放弃权力，在她居住的深宫里，有一对年轻兄弟不离左右，日夜侍候。这对兄弟一个叫张昌宗，一个叫张易之。她将一些政事委托给二张兄弟，逐渐地，二张插手朝政，陷害宰相，跟大臣结怨，引起了政局的复杂化，武则天母子、君臣关系也因此空前紧张起来。

时为邵王的李重润和妹妹李仙蕙，以及妹夫武延基一起议论张易之、张昌宗兄弟入宫受宠。张氏兄弟得知后，将此事告知武则天。武则天听后大怒，认为他们违背了明堂誓约，又伤李武和气，简直不成体统，令皇太子李显予以重罚。满朝文武都无法为其开脱或求情。

李显怕动摇自己的地位，遂大义灭亲，下令将儿子、女儿和女婿处死。

武则天为弥合李武间怨隙，采取了联姻、盟誓等一系列措施，可谓处心积虑。作为李武两家新生代的代表人物，他们之间的纷争直接触犯了盟誓约定，这是武则天最不愿看到和不能容忍的，必须毫不留情地予以惩罚，以儆效尤。

虽说这一事件是3位天皇贵胄因冒犯了李武之争这个大忌而命丧黄泉，但其直接起因却是张氏兄弟。那么，张氏兄弟究竟是什么样的人？又是如何来到武则天身边的呢？

公元697年，73岁的武则天年事已高，体弱多病，长时间不能上朝。太平公主推荐了一个叫张昌宗的男子入宫，侍奉母亲武则天。

张昌宗，今河北安国人，行六，人称六郎，白皙貌美，兼善音律歌词，武则天见后大喜。从此，张昌宗衣着华丽，修饰打扮，出入宫廷，极力讨武则天怜爱。入宫不久，张昌宗又向武则天推荐自己的哥哥张易之，称其才干超过自己，善于炼制药物。武则天听后立即召见，兄弟二人双双得宠。

武则天很羡慕传说中的周灵王太子姬晋，即王子乔。传说他擅吹笙作凤鸣，后随浮丘公登仙而去，成仙后还乘白鹤现于缑山。

武则天侄儿武三思想讨其欢心，就对她说："我以为六郎之美，已非凡世所能有，他一定是王子乔转世。"武则天很喜欢这个说法，就下令建造鹤廛并制木鹤，将张昌宗打扮成她心目中的王子乔模样，果然仿若神仙中人，武则天欣喜若狂。

公元699年，武则天有意使自己的特权制度化，她设置了一个颇似女皇"后宫"的名叫"控鹤府"的机构，由张易之做府监。武则天对外宣称设置控鹤府是为了储备诏令撰写者和文学作品创作人才。

为了推行三教并举政策，武则天令张昌宗、李峤、徐彦伯、张说等人修撰《三教珠英》，全书1300卷，目录13卷，是在《御览》及《文思博要》诸书基础上，加佛、道二教以及亲属姓名、方城等部构成的。

据史料记载，武则天还任命张昌宗为云麾将军，行使左千牛中郎将职务，任命张易之为司卫少卿，并赐给二张住宅、绢帛以及大量的男仆女婢、骆驼、牛马供他们使用。后来又提升张昌宗为银青光禄大夫，赐给防阁官员担任警卫，和朝臣们一样每月初一、十五朝见武则天。甚至追认二张的父亲张希臧为襄州刺史，将其母亲韦氏、臧氏一起封为太夫人。公元700年，武则天又将控鹤府改为奉宸府，由张易之任奉宸令。

有学者研究，不管是控鹤府还是奉宸府，其设置都前代绝无，纯系武则天集聚男宠，以娱晚年的宫制之一。府内的官员，除了向女皇提供"男性温存"之外，另一重要职能是曲宴供奉，"每因宴集，则令嘲戏公卿以为笑乐"。内殿设宴，由张氏兄弟和诸武侍坐，陪女皇玩乐。

很快，它就成为一个制造闹宴、赌博、酗酒、反常勾当和荒诞行径的丑闻之地，也成为以后几个世纪富有想象力的小说家取得素材的"富矿"。

皇太子李显、相王李旦请求封张昌宗为王，武则天不同意，改任他为春官侍郎，封张昌宗为邺国公，张易之为恒国公，各获收纳300户租税的实封。

得到武则天宠爱的张氏兄弟，使李武两家的皇族们都抢着上门讨好巴结，亲自替张氏兄弟牵马递鞭，称张易之为"五郎"，张昌宗为"六郎"。张昌宗、张易之一时权势熏天。

作为李武两家新生代的代表人物，李重润、李仙蕙以及武延基，看到张昌宗、张易之如此受宠和嚣张，私下议论也是人之常情。但是年少未经世事的他们万万没有想到，这会给他们带来杀身之祸。

《廿二史札记》卷十八《新旧唐书·新旧书互异处》记载，新书本传：中宗子重润与女弟永泰郡主及主婿武延基，窃议张易之兄弟出入宫禁，后怒，杖杀之。

武延基传云：与重润等窃议，皆得罪，缢死。（《新唐书》《旧唐书》两传分别记载为"杖"与"缢"，稍有出入。）旧书张易之传则云：重润等窃议二张，后付太子自鞠问，太子并缢杀之。武延基传又云：武后咸令自杀。是二传一以为中宗所缢死，一以为后令自杀，又不符合。盖中宗之杀之，或令自杀，皆迫于武后之威也。新书竟书武后杀之，较为直截。

这些记载，均将懿德太子等三人被杀的直接原因，归结为私议二张与武后隐私，触怒武则天。

1960年至1962年，考古专家在发掘永泰公主墓时，发现了永泰公主墓志铭，以及一些盆骨碎片。

永泰公主墓志铭写道："自蛟丧雄锷，鸾愁孤影，槐火未移，柏舟空泛，珠胎毁月，怨十里之无香；琼萼凋春，忿双童之秘药。女娥簧曲，乘碧烟而忽去；弄玉箫声，入彩云而不返。呜呼哀哉！以大足元年九月四日薨，春秋十有七。"于是有学者根据这一段墓志铭推测，永泰公主是因丈夫死后，忧郁成疾，医治无效而死。

因史料记载与墓志铭不一致，永泰公主死因至今依然是一个谜。

3位青年冤死后，张氏兄弟更加嚣张，朝廷重臣魏元忠看透二张，公开说："小人得在君侧。"

二张闻之怀恨在心，诬告魏元忠谋反，武则天判处魏元忠贬职出京。

公元704年，二张因贪污、巫蛊之罪被弹劾，4次入狱，4次均被武则天特赦。二张在武则天庇护下，气焰嚣张，这是朝臣们不能容忍的，他们担心二张重蹈酷吏滥刑冤狱覆辙。

公元705年，以宰相张柬之为首的大臣，趁武则天病重发动"神龙革命"，逼武则天退位，扶持中宗李显复位。第二天，武则天被从迎仙宫请出，住到洛阳城西上阳宫。

《太平广记》记载，在这次政变中，张氏兄弟在迎仙院被杀后，其尸体又于天津桥南被公开枭首。另外两个身居高官的兄弟张昌期、张同休也同时被处死。关于二张，有学者解读其为政治爪牙，也有其他说法。但可以断定的是，武则天贪欲过盛，亲手击碎了自己"明堂盟誓"的梦想。

"明堂盟誓"以懿德太子、永泰公主和魏王被杀而告终结，对中宗李显来说不仅是铭心的戒示，也是深重的痛苦。而他继位后，对母亲武氏的势力不但不予以清除，反而重用武三思等，与诸武过从甚密，或许明堂誓文言犹在耳吧。

公元705年冬，武则天病逝，唐中宗李显为这一对儿女平反。追封儿子李重润为懿德太子，将其灵柩由洛阳迁到乾陵陪葬，特恩"号墓为陵"。追封女儿永泰郡主李仙蕙为永泰公主，将永泰公主与其丈夫武延基合葬于乾陵东南。永泰公主和她的丈夫，在这里长眠了1300多年。

3位青年因"明堂盟誓"而死，李显内心的痛苦难以想象。在安葬他们时，极尽隆重奢华，李显以此方式来发泄深藏内心的愤懑，慰藉死去儿女的冤魂。

永泰公主墓是1949年以来所发掘的唐墓中最大的一座。

墓的四周有围墙，围墙南北长275米，东西长220米。墓区总面积为 6050平方米。墓冢为覆斗形，高14米，每边长56米。墓道全长87.5米，宽3.9米，墓室深16.7米，墓为斜坡土洞砖室墓，全墓由墓道、5个过洞、6个天井、甬道、8个便房、前后墓室组成，象征着永泰公主生前居住的多宅院落。

墓道两侧有巨大的青龙、白虎和身穿战袍、腰佩贴金宝剑的武士组成的仪仗队。他们排列在阙楼和六戟兵器架前，组成威严的仪仗队。中间为男女各半的侍从。

考古人员发掘时，在第六天井附近发现了一个盗洞。盗洞口有一副骨架，骨架旁边有一把铁斧，四周还散落有金、

皇朝背影

永泰墓壁画

162

玉饰品。经推测，应是一伙盗贼为了能分得更多赃物，毫不留情地把仍在洞内的最后一个同伙砍死。据推测，永泰公主墓被盗的时间，大概在五代或宋初。

永泰公主墓虽然被盗，但仍出土了壁画、陶俑、木俑、三彩俑、金器、玉器、铜器等珍贵文物1000余件。特别是三彩俑，造型精致，色彩鲜艳，纹饰奇特，反映了唐代高度发达的陶瓷工艺水平。墓内壁画丰富多彩，墓道、过洞、甬道和墓室顶部都有壁画。

前墓室象征客厅，壁画以华服侍女为主。这些手中拿着各种生活用品的侍女体态丰盈，神态各异，有的似乎在悄声细语，有的似乎在点头赞许，有的则在环顾四周，仿佛正行进在路上，准备去侍奉主人。由于千余年来雨水带着泥沙顺盗洞而下，许多精美的壁画都遭到了破坏。然而，幸存的壁画却依然是唐代绘画的精品。

后墓室停放着永泰公主与其丈夫合葬的庑殿式石椁，中间有门，两边各一名守门侍女。石椁内外均刻有线刻画，姿态生动，线条流畅，刻工熟练，十分精美。石椁内的木棺因长期浸泡在淤泥中，早已腐烂。

后墓室墓顶画有天象图：东边是象征太阳的三足金乌；西边是象征月亮的玉兔；中间是银河，满天星斗，颗颗都有固定的位置。这充分反映了当时天文学的高度发达。

唐中宗复位后，他还有一位冤死在远方的亲人遗骨未归，那就是中宗的亲哥哥李贤。

公元706年，即武则天死后的第二年，李贤的遗骨被从巴州迁到乾陵陪葬。公元711年，唐睿宗追封李贤为章怀太子，重开墓室与妃房氏合葬。

章怀太子墓位于乾陵东南约3千米处。其墓的结构与永泰公主墓基本相似，只是小些。墓封土呈覆斗形，底部长、宽各43米，顶部长、宽各11米，高约18米。封土堆南约50米尚有残存的一对土阙，高4.5米，底部长、宽各5米，土阙南面有并列的一对石羊。四周原有围墙，南北长180米，东西宽143米，西、东、东北3面的墙角仍残留于地面，整个墓区占地约26000平方米。

该墓已遭盗劫，出土文物600余件，其中大型文吏、武士俑及驼、马、镇墓兽等制作精美、造型生动，均为唐三彩精品。

墓中壁画50多幅，保存基本完好。墓道壁画绘狩猎出行、打马球、客使、仪仗、青龙、白虎等内容，第二过洞绘列戟，甬道及墓室壁面绘男女侍从，墓顶绘天象。其中以墓道中的《马球图》和前室东壁的《观鸟捕蝉图》最有名。

在墓道西壁白虎之后，是长约9米的《马球图》，因画面巨大，揭取时将其分割成了5块。图中20多名骑马者，有手持鞠杖激烈击球者，有驭马快骑奔向赛场者，亦有数十名骑手尾随其后，等候上场，最后绘有5棵古树点缀旷野。画面有起有伏、疏密相间、错落有致，呈现出一种和谐的韵律之美。无论是人、马的细部描绘，还是山石古树的粗犷勾勒，都给人一种古朴、典雅的美感。因场面宏伟，构图绝妙，它被定为国宝级壁画。

打马球，兴起于唐代初期，称作击球。一般认为马球源自波斯，后经西域传入中国。当时在皇帝的倡导下，马球运动很快盛行，历经宋、金、元、明，在明末清初才逐渐退出中国的竞技舞台。据《国史补》《资治通鉴》记载，在唐代后期甚至还出现了别具一格的"灯光球场"和"草地球场"。

《观鸟捕蝉图》高2米，宽1.5米，描绘的是3位宫女散步与伫立的情景。画面中的3位宫女，右边一位头梳小圆髻，身穿唐朝流行的半臂衫和曳地长裙，右手轻执金钗，左手托起帔帛，正在仰头望着前方盘旋的一只戴胜鸟。她的动作优雅而轻柔，高贵而不失身份，但她的眼神、她的表情、她的体态清楚地表达出此时的心情：羡慕、无奈与期盼。比起戴胜鸟，自己的美要远远胜过它，但戴胜鸟可以翱翔云天，甚至飞出宫禁森严的后宫宅院，自己却无法越出宫墙半步。美丽是可贵的，而自由价更高，空有美丽而无自由，生命的价值在哪里？如何能像小鸟一样飞出宫墙？她望着就要飞去的戴胜鸟，内心深处在羡慕，在无奈，在企盼。

从开国皇帝李渊的献陵开始，唐代援引汉代的制度，臣子死后在帝王陵园陪葬。唐太宗时，为了笼络人心、巩固政权，表示君臣"义同舟楫"，使这一陪葬制度达到登峰造极的程度。

在乾陵，有17座陪葬墓，目前发掘了章怀太子墓、懿德太子墓、永泰公主墓等5座。数量众多的陪葬墓，体现了帝王对皇室人员和文武大臣的一种特殊待遇和恩宠。

为了江山社稷，身为君主的武则天，抛弃个人的儿女情长，亲手结束了两个儿子、一个孙子、一个孙女的和一个侄孙的生命。她承受着一个正常女人不能承受的痛苦，也承受着整个大唐无法承载的悲哀。所谓明堂盟誓，不过是演绎了一出啼笑皆非的游戏罢了。

而武则天付出的伤痛，换来的是大唐的盛世。

皇一朝一背一影

HUANGCHAOBEIYING

金粟山悲歌

公元729年某一天，关中平原北部靠东的金粟山，吸引了一个人的注意，那就是时年四十四岁的李隆基。

当时他正前往拜谒父亲陵墓的途中，突然，远望东北空中白雾冲天，似有一条巨龙在盘桓飞舞。李隆基一行紧紧追随巨龙一路前往，发现了云雾缭绕的金粟山，那龙盘凤翔的山峦刹那之间俘获了唐玄宗的心，他马上决定将金粟山作为自己千秋之后的陵寝所在地。金粟山脚下四野平阔，极目尽头，山势拔地而起，山姿伟岸，在初夏的关中平原上，整座大山显露出一种豪迈和雄浑的气魄。

令人唏嘘的是，唐玄宗只看中了金粟山的雄伟，却没有料中自己死后的哀戚。他二十七岁称帝，是我国古代最有艺术才华的皇帝之一，却在度过四十三年太平盛世后遭逢安史之乱，他以古稀之躯远避巴蜀，一路劳顿终回长安，兵燹没有结束，偌大帝国仍在没有散尽的硝烟中修复着伤口。他一手缔造了开元盛世，也亲手打翻了天宝繁华，将唐朝带向衰落。是怎样的性情和经历，让一个人的一生如此沧桑传奇？

金粟山的泰陵，不但无法与曾祖父的昭陵、祖母的乾陵相比，甚至无法媲美父亲的桥陵。泰陵以西丰山之上桥陵，其建造年代正是唐玄宗的开元盛世时期，玄宗以空前的规格为自己的父亲营建了皇陵。在桥陵的东南方向，分布着大量陪葬墓，迄今为止已知的就有十四座。有趣的是，这些陪葬墓已不同于初唐时期的功臣密戚陪葬，他们都是清一色的皇室成员，其中有"岐王宅里寻常见，崔九堂前几度闻"的岐王李范，有让出太子位给三弟李隆基的大哥李宪，还有被称为"国朝山水第一人"的唐皇室画家李思训。其雄伟的盛唐气势，由此可见一斑。可是，开创了开元盛世的唐玄宗，泰陵的陪葬墓，却只有寥寥两座。一座是高力士，一座是杨皇后。这位杨皇后是唐肃宗李亨的生母，不是玄宗集三千宠爱于一身的杨贵妃。莽莽金粟山，荒烟蔓草，残石断瓦。谁能想象出，这座陵园的主人，竟是中国中古世纪大唐盛世的缔造者唐玄宗李隆基！盛世的标准是什么？应该是：政治清明，制度先进，依法治国，民生富强，军事强大，文化繁荣。

公元713年的深秋，李隆基上台后要做的第一件事，就是检阅他的军队。这一年夏天，李隆基发动先天政变，赐死了虎视眈眈于皇位的太平公主，开始正式独掌朝纲。为了在世人面前树立自己的君威，他选择一身戎装，东出长安到新丰阅兵。10月13日，二十万士兵齐集骊山脚下，旌旗猎猎，盔甲鲜明，队伍绵延五十多里。唐玄宗立于阵前，亲自击鼓，号令士兵。让这位英姿勃发的皇帝想不到的是，二十万大军

泰陵近景

动作参差不齐，姿容散漫。李隆基大怒，他果断将负责阅兵
礼仪安排的军官斩首示众，并将兵部尚书流放岭南。这一举
动震慑了所有参加阅兵的大臣和士兵。兵部尚书在先天政变
中军功显著，因为没有管束好手下被判流放，而且还有可能
人头落地，二十万大军瞬间鸦雀无声，李隆基用雷厉风行的
手段，获取了对大唐军队的绝对权威。

　　第二天，一个须发斑白的老人手捧密旨来到骊山脚下。

他叫姚崇，时任同州刺史，一天前，他接到密旨，诏令他陪同皇帝一起打猎。时年六十二岁的姚崇曾历仕武则天、唐中宗和唐睿宗三朝，文武双全，吏治清明，倍受朝野称颂。年轻的皇帝醉翁之意不在酒，他借打猎之名看到老姚崇不减当年之勇，心中大喜，当即决定任用姚崇为宰相。姚崇趁机提出十条政治主张。这十项主张分别是："为政先仁义，不急于开疆拓土，宦官不能干预公事，皇亲国戚不能出任重要官职，行法治，除例行的租庸赋税外不再增加其他供奉，杜绝建造寺庙宫殿，以礼对待大臣，允许大臣批评时政，不许外戚干政。"

这就是历史上著名的经典故事"十事要说"。一个雄心勃勃充满激情与理想的年轻皇帝，一个成熟稳重的政治家，从他们建立互信同盟的那一刻起，开元时代登上历史舞台，一个锦天绣地、富庶繁华的新纪元拉开了它的大幕。《唐六典》是一部由唐玄宗亲自制定纲目的法典，也是我国历史上最早的一部行政法典。它先后汇聚了九位当朝首辅宰相，历时十六年才得以成书。它展现了唐朝的政权组织形式，记述了唐朝中央及地方各级官府的组织规模、人员编制及其职权范围，对唐及后世的行政法规的制订与执行产生了深远影响，被清代《四库全书》称赞为"一代典章，厘然具备"。

金粟山悲歌

一天，玄宗正在朝堂上与文武百官例行早朝。朝堂外突然出现一阵很大的响动，紧接着一个衣衫褴褛的官员，拖着一条腿慢吞吞地挪进了朝堂。这个叫李杰的御史大夫的举动让唐玄宗有些奇怪，再看他的脸上青一块紫一块，似被打伤，唐玄宗赶紧问这是怎么回事。唐朝的御史大夫级别不高，地位却很尊崇，他们的主要工作就是对各级官员们的言行进行司法监察。地位再尊贵，可衣衫不整朝见皇帝的情形还是罕见。关中平原主要靠渭水灌溉，武则天时期，皇族权贵将渭水截流，设置用水驱动的碾硙来牟取暴利。原来，李杰曾上书弹劾此事，得罪了相关权贵，其中一人就是玄宗王皇后的妹夫孙昕。是他打了上班路上的御史大夫李杰。李杰对玄宗说，打我，只是侮辱我和我的父母，我吃点儿皮肉之苦没啥，可是他竟然把我的朝服也扯烂了，这不是侮辱朝廷侮辱国家吗？您看着办吧。玄宗即刻命人把这两个亲戚从家中搜捕出来，抓到朝堂上，当廷杖杀。鲜红的血迹，让玄宗朝的皇亲国戚再也不敢造次，御史们更是兢兢业业监察中央和地方的各级官员，不敢怠慢。

"王者以制度为节，使用之有道，役之有时，则不伤财，不害民也。""天地节，而四时成。节以制度，不伤财，不害民。"制度就是要求大家共同遵守的行动准则和办

173

事规程，治理国家依靠制度。这一点，中国古人早有教义。唐玄宗也有着非常清醒的认识，在他的努力下，"开元时代，多士盈庭""贤臣当过，四门俱穆，百度唯贞"。唐玄宗不仅注重宰相的任用，对地方官员的选用也特别重视，认为"诸刺史县令，与朕共治，情寄尤切"。有一个典故叫"侧门论事"：重视地方吏治是贞观之治的内容之一，唐玄宗要恢复贞观制度，也非常重视与地方官在地方政治策略方面的研讨。开元元年他就规定，都督、刺史、都护在赴任之前，都要与他面辞，他会当面咨询探讨，以查看此人的政治方略。后来又规定，朝见结束后，若有六品以上官员面奏，就由殿堂所在的左右侧门进出，以此方式与地方官员面对面的交流，史称"侧门论事"。

史载唐玄宗"性英断多艺，尤知音律"，是中国历史上最著名的音乐家皇帝。其实唐朝的皇帝几乎个个多才多艺，玄宗的音乐才能，得益于他的家学渊源。他的父亲唐睿宗和弟弟岐王李范，都精通于琵琶弹奏，而他和大哥李宪则更善于吹笛和打羯鼓。大哥李宪曾经三让太子位于李隆基，因此被后人称为"让皇帝"。每逢宴乐，唐玄宗难免会有一展身手的冲动。这时，历史典故"韩休拜相"的主人公恰逢其时来到皇帝身边。韩休的出现，让玄宗及时抑制住了心中纵乐好音的意马心猿。

2014年，韩休与夫人柳氏合葬墓时隔千年重现人间。其中壁画完好的保存状况及精美的程度令人惊艳。这不由得让人联想到韩休的另一个身份，他是唐代大画家、中国现存最早的纸本画《五牛图》的作者韩滉之父。韩休还没有位列宰相时，他的行事作风多是冲和淡泊，而主政以后的韩休却不再沉默少语，他总是劝谏皇上：身为皇上，您得以国事为重，少想歌舞升平之事。唐玄宗每去宴乐之时，总要偷偷摸摸地对身边人说，可别让韩休知道了。然而，通常他话音刚落，韩休的进谏书紧接着就到了，所以唐玄宗只能作罢。

有一次，唐玄宗照镜子，摸着自己有些消瘦的脸庞发呆，旁边的小太监趁机说：您看，自从韩休任相以来，陛下您越来越瘦，也没法尽兴玩乐，还不如把韩休给罢免了吧。唐玄宗却说：吾貌虽瘦，天下必肥。前一任宰相萧嵩每次奏事，都会顺着我的意思。我退朝之后，常睡不安稳。韩休多次谏言，我退朝之后，反而睡得安稳。我用韩休为相，是为国家社稷考虑。

经过了二十九年的励精图治，在玄宗君臣的齐心治理下，"贞观之风，一朝复振"。大唐进入了一派物华天宝、富庶繁华的盛世年景。西安北郊的漕渠，联通着灞河、渭河、黄河，直到长安东郊的望春楼，中国历史上最早的全国大宗商品水运博览会，就是在这里举办的。天宝二年，公元743年的农历三月二十六，二百多艘满载江南物资的货船浩浩荡荡开到广运潭，每一艘船上都写着一个地名，船舱载满当地的特产。"潭里舟船闹，扬州铜器多。三郎当殿坐，听唱得宝歌。"一个男声歌声嘹亮，身后近百名盛装美女齐声应和，两岸百姓欢呼声不绝于耳，观者无不惊骇赞叹。已近花甲之年的唐玄宗远眺水面宏阔，近观船舶云集，看万民欢乐，欣然命笔，将这里题名为"广运潭"。

玄宗自己就是书法家，他亲自撰写了《孝经》，希望通过提倡孝道，首先把皇家的内部秩序整顿好，并在全国推行孝悌之道。在中国历史上，皇家同室操戈，兄弟相残屡见不鲜，唯有玄宗的兄弟们大都名位显赫，平安一生，《唐史》盛赞"天与之报福，流无穷盛矣"。张旭、颜真卿的字堪称中国书法艺术的高峰之一，师徒二人以其炉火纯青、出神入化的境界在中国书法艺术史上巍然屹立。李白、杜甫、王维、吴带当风的吴道子，这些璀璨的历史名人站在盛唐的天空下，将中国书法、诗歌、绘画推向了历史的高峰。

玄宗时期的盛唐是怎样一个歌诗遍地的时代，就连戍边

泰陵立仗马

战士的战袍中也写着缠绵的诗句：沙场征戍客，寒苦若为眠。战袍经手做，知落阿谁边？蓄意多添线，含情更著棉。今生已过也，愿结后生缘。朝气蓬勃的唐人崇尚运动。马球是当时最时尚的体育运动之一。李邕墓曾经出土过一幅描绘马球比赛的壁画。李邕是李隆基的叔辈，李唐皇族之一，擅长打马球。唐中宗时，还是临淄王的李隆基搭档李邕，加上两个驸马，四人组成唐朝马球队，打败了吐蕃十人的马球队。壁画描绘的就是这次比赛的场景。铜川耀州黄堡窑、河南巩县窑出土的唐三彩制品，器物有生活用品，模型有仓库、厕所等，俑类有贵妇、达官、胡人及马、骆驼、鸳鸯等。这些文物足以反映那个时代的物阜民丰。开元盛世，海内富实。唐玄宗恢复贞观制度的治国方略，有了最切实的回报。他把《秦王破阵乐》改成庞大的乐舞表演，又原创一曲奢华安逸的《霓裳羽衣舞》，乐舞的主角，也换成了唐玄宗此生最重要的女人杨玉环。杨玉环是舞蹈家，据《明皇杂录》记载，有一个叫谢阿蛮的平凡女伶，以善舞著称，杨玉环喜欢她的舞蹈，特许她进宫，互相切磋教习，这一点与唐玄宗亲自教习乐工技艺颇为相似。而且杨玉环与唐玄宗一样精通音乐，她以弹拨琵琶见长，还是击磬高手。唐明皇遇到了他人生的知音。二人经常一起研究乐舞，心性相通，情浓意浓。"春宵苦短日高起，从此君王不早朝。"华清宫内歌舞升平，正是唐朝极盛之世，唐玄宗李隆基的"君欲"出现了，惠妃之死带给玄宗的哀伤，转化为与杨贵妃的两情相许。在与杨贵妃的欢爱中，花甲之年的唐玄宗意志渐渐衰退，他高居皇位太久了，励精图治三十年，而今天下太平，他只想与心爱的女人共享安乐。

然而，此时的盛唐，却正经历着由经济文化的高度繁荣所带来的社会生活的不断变迁。原来都是均田制，与之配套的是府兵制，但是因为开元天宝时期经济高度发展，土地兼并日益严重，失去土地的农民成为流动人口，这就要求赋税由人头税向资产税和流通税转变。但是新的税收制度很难马上构建，原来的农业税人头税难以征收，于是就增加大量官僚，重复征税。官僚增加，监督却跟不上，导致腐败和社会不公。原来的"稻米流脂粟米白"变成了"朱门酒肉臭，路有冻死骨"。

玄宗没有继续贯彻依靠制度创新、重视人才的理念，他亲手打破了自己在开元之初定下的规矩，直接下令给吏部，任命军人牛仙客为六部尚书，一个没有文化的国家大员诞生了。这一任命，直接导致了唐玄宗时期最后一个贤相张九龄被罢黜，李林甫大权独揽。李林甫口蜜腹剑，排除异己，只手遮天，那些有过异议的官员，不是被贬就是丧命。短短几年，朝廷内外均以李林甫马首是瞻，正气不再，当年答应姚崇"行法治"的承诺，被玄宗丢进了乐舞池中。转眼到了公元754年，天宝十三年，秋收的时候到了，长安城却阴雨绵绵不绝期。此时接替李林甫任首辅宰相的是杨国忠，他倚仗杨玉环兄长的身份更加恣意胡为，他将选官制度破坏得更为彻底。原来六个月完成的官员任命，一天便宣告结束，选官的小吏们根据自己获取好处的多寡来决定官员的任命，腐败滋生，贤士远遁江湖，人才流失严重。

这时，胡人安禄山已经出现在盛唐的舞台上。唐玄宗不惜一切代价恩宠安禄山，他让安禄山担任三个边疆的节度使，一人管辖二十万大军。渔阳鼙鼓动地而来，席卷大半个唐朝的安史之乱爆发。唐玄宗已是古稀老人，他西出长安逃向巴蜀。曾经无限锦绣的长安城惨遭兵燹，玄宗亲手搭建的盛世长安，在大火中落下帷幕。

公元756年，七十一岁的玄宗从巴蜀回到长安城，身边只剩下同样白发苍苍的高力士。公元762年，当玄宗的生命即将走向终点之时，高力士也因为同僚的嫉妒而被判处流放边疆，年迈的玄宗身边不再有一个倚重、信任之人。七十七岁的玄宗，孤独地死于太极宫中。

金粟山玄宗的泰陵，再没有他亲手开创的盛世之象。默默矗立的石像生，在夕阳中默默吟唱着一代天子的悲歌。他们的身形，体格仍旧健硕，身姿仍旧挺阔，只是在大气磅礴的身影下，他们的神情渐趋平和，不似乾陵或桥陵的文武大臣那般倨傲天下，旷达不羁。文臣雍容，武臣勇武，大唐风韵仍在，凌厉的威势仍在，只不见了唐玄宗，不见了大军阵前擂鼓号令的英武，不见了歌舞场上梨园领袖的风采，不见了兄弟榻上手足情深的温情，不见了流亡途中不忍百姓遭劫的慈悲。被誉为一代英主的玄宗李隆基，少年英雄，治国有方。

他开创了大唐盛世，也亲自埋葬了一个世界大帝国的胜景，中华文明的顶峰由此沦落。唐朝国力急转直下，几致覆亡，从此历史走进了中唐时代。

《西安晚报》2017年12月30日

皇一朝一背一影

HUANGCHAOBEIYING

王维的辋川

王维的辋川

只是未能登高一望，只缘身在车辋中，便看不出川流如辋的山水景致。这是王维的辋川，和谷只是一个匆匆过客。不见王维，王维却无处不在。倒是奇怪于一个半官半隐的闲士，终未能远离红尘之外，留给后人的辋川，多少带有点未曾挣脱人生之网的味道。

但谁能否认，有一条风光秀丽的川道，就藏在秦岭北麓的折皱间呢？叫作敧湖的一汪水，接纳着由尧关口流来的川河，两岸山间的几条小溪流也同时注入湖内。湖是流水的驿站，又是流水的集聚点，环凑沦连，交融汇合，构成一个车辋形状。而后又曲曲弯弯，如同闲者散步的足迹，又像醉汉浪荡的影子，蜿蜒流入象征别愁离恨和肃杀苍凉的灞水。

那么，辋川又象征什么呢？是人闲桂花落，夜静春山空，还是荆溪白石出，天寒红叶稀？王维的"辋川二十咏"可以在古籍中去查阅，他的"辋川图"空留有摹绘石刻，其葬身之地也只能靠当地文化人指点方位。笃信佛教的王维与辋川合为一个概念，这里的趣味是诗是画是隐是佛？

从尧关口到飞云山下的鹿苑寺，三十里清静的山水，三十里淡雅的风光。疑是王维窃得一处江南的景色，置于这巍巍秦岭浩浩原野之间。这里距唐代的长安城数十里之遥，近山的骊山华清池为皇上妃子们所世袭拥有，辋川皆因稍为偏僻而成为雅士闲居之处。先前曾是宋之问的"蓝田别墅"，后被王维买得，重新构筑，点缀造景，便有了辋口庄、孟城坳、竹里馆多处游观食宿之地。诗琴加悠闲，赋予辋川以永不褪色的恬淡和逸趣。

宋之问如何得来这方风水，史书没见细说。史书只说宋之问在武后、中宗两朝颇得宠幸，睿宗执政后他却成了谪罪之人，发配岭南。红得发紫，就该到黑得如墨的时间了。所谓"蓝田别墅"，想必是宋氏飞黄腾达之后的产物，怎么又卖给王维，一则有了更好的游玩消闲之所，二则怕是厄运当头料理家当准备南行了，三则是后裔处理掉的。曾官至考功员外郎，谄事权势，到头来被贬钦州，末了落个赐死的悲惨下场。诗名颇高，多歌功颂德之作，文辞华靡，只能到了放逐途中才显出感伤情绪。雁南飞至大庾岭而北回，诗人至此非但不能停滞，还要继续南行到那荒远之乡。雁归有期，诗人何日复归？"鬓发俄成素，丹心已作灰。何当首归路，行剪故园菜。"官场荣辱无常，思乡之情更切，宋氏是看破红尘想着归隐田园无梦回他的"蓝田别墅"么？

"蓝田别墅"却不再姓宋，易主为王维，成了王维的辋

184

川。宋之问于辋川也是个匆匆过客么？他留在唐诗选本中至今仍被人吟咏的已不见歌舞升平之作，唯有放逐的切肤之吟与后世交谈。原来，好行谄事的宋之问还是不乏人情与诗心的。当初如果少问朝政，看重"蓝田别墅"，现在我们脚下的辋川也便不是王维的辋川而是宋之问的辋川了。好在王维毕竟与宋之问有过或多或少的关系，才使现在的过客在这冬雪过后的一个丽日，于辋川叙说起他的人品诗品，他的兴衰荣辱和他的结局。

这样，辋川便又不那么恬淡闲适，那么充满悠情逸趣。在人的生存方式中，果真是唯有隐逸才是高招么？比起壮烈之士，隐者应为弱者，但耐得寂寞与孤独也同样是强者之举。沙场不比辋川，辋川不是沙场。沙场不比官场，战术难及权术。王维的妙处在于半官半隐，难得一个半字，而永远拥有了辋川。把道家的现世主义和儒家的积极观点调和起来，成为中庸的哲学，这是中国人所发现的最健全的生活理想吗？是王维在拥有财富、名誉、权力之后感到某些失意才寄情山水的吗？王维恐怕没有完全逃避人类社会和人生，算不得第一流的隐士，但他的"辋川二十咏"，又绝对是主人的感悟，并非环境的奴隶所作为。

辋川是王维的辋川，我辈只不过是辋川的匆匆过客。在王维谋过事的唐长安城那块土地上，晚生一千年的我如今居住在那里。为何不去海南闯世事，为何不守在城里寻点赚钱的营生，不去卡拉OK，不去洋楼里吃西餐，却跑到这偏僻的辋川寻找王维闲聊。是有闲么，是穷开心么，说不清道不明白。似乎觉得这辈子不来一趟辋川就缺乏什么似的，每每听说辋川就受不了一种诱惑。来会见一位诗书中的人，是替古人担忧，还是为自己心绪的自在？按说，当一个人的名字半隐半显，经济在相当限度内尚称充足时，应该活得颇逍遥。但完全无忧无虑的人是否存在，仍须置疑。过客来辋川采集清雅，所感所思，却又添几分惆怅，几分幽怨。

有人评述道，王维的诗画艺术成就很大，但他逃避现实，大多作品描绘的是上层阶级的闲情逸趣，而缺乏深刻的社会内容。过客只是觉得王维的辋川不失为一种人生的大境界。王维在陇西之行中吟咏过"关山正飞雪，烽火断无烟"，在渭川田家描述过"田夫荷锄至，相见语依依"，这与《山居秋暝》中所勾写的"明月松间照，清泉石上流"，何曰高下？诗人的人生际遇使他能有怎样一种无可指责的生存方式呢？这辋川的旧主人宋之问是王维的山西老乡，一为上元进士，一为开元进士，王维是步宋氏后尘来长安谋事

辋川图（局部）

的。宋氏之遭际，王维该是清醒的。但王维也并非好命,安禄山叛军陷长安时曾受职，乱平后由给事中降为太子中允。后来虽官至尚书右丞，但那段受惊落魄的日子王维能淡忘吗？

晚年来辋川享受优游，仍亦官亦隐，想来也是很尴尬的。

王维拥有辋川，不等于王维的生命是逍遥自在的。王维仍不好活过。在唐代有名的私人大庄园中，司空图的王官谷庄，裴度的午桥庄，李德裕的平泉庄，都不及王维的辋川庄在后世有名气。名气不等于一切。名气抑或害人，这其中不都是嫉妒。王维的辋川再好，它不过还是置于现实世界和虚幻天堂之间。说是胜似天堂，终还不是天堂。天堂那么好，世人仍愿意滞留在人间久一些。过客所置身的辋川，只是一个地名，不知从何时开始已成为乡民世居之地。尚且落后的自然经济形态，取代了唐朝的已经逝去了的富贵与闲适。从旅游意义上，并未有向外界开放的设施。

就这样，辋川荒芜着，王维荒芜着，这不仅是名胜古迹意义的荒芜。仍生长得很美很秀丽的是辋川的山水诗，长在辋河里，长在冬树的枝杈上，长在阳光与云朵之间，长在过客脚下每一寸泥土中。要想找见王维别墅的遗址，只能依据前人的考证，从"辋川图"上抄来标识，沿途去按图索骥。蓝田县南去约十里，就是刚才路过的薛家村，处于辋川口外，王维的辋川庄据说就在附近，今日却改姓薛了。屋舍，田陌，山林，炊烟，何处去觅王维的旧梦？两岸的悬崖绝壁形成辋口，山回路转，过七里峡谷有一个叫阁村的地方。村东大山伏卧，即王维的华子冈。村西可望诗中的斤竹岭，东南方的虎形崖为鹿柴，王维在那里养过鹿。现在的这块地方没有鹿了，返景入深林，复照青苔上，没有鹿就没有养鹿人王维了。

王维的辋川

过客东望华子冈，在这冬日的正午伫立成了裴迪。裴迪是王维最好的朋友，过客没有资格做王维的好朋友。王维曾与裴迪浮舟往来，弹琴赋诗，啸咏终日，互为唱和。裴迪唱一句"山翠拂人衣"，王维和一句"连山复秋色"，也许就在过客站立的地方，不过时节会较早些。现在辋水瘦了，不可以载舟，过客是乘四个轮子的轿子来的。若唱和一首绝句，也弄不明白平平仄仄的格律。新诗不讲平仄，甚至没有韵脚，倒是有一点相近也就是没有标点符号。王维当初趁春日与裴迪过新昌里访吕逸人不遇，写诗极赞吕姓隐士闭户著书的境界。新昌里在长安城内，也许现在的街巷位置是可以认识的。在城内做隐士，据说是可以称为一流的，是因为身居尘嚣而不染，比客观上远离闹市尤难。

溯流而上见一村庄，借问村名，牧童回答说是何村。究竟是何村呢？村北与小菅蓿沟口之间有片半圆形的台地，如同半边月亮，王维给它起的名字很好听，叫茱萸片。是遍插茱萸少一人的悠悠思乡情凝成这半边土月亮么？君自故乡来，应知故乡事。过客的故乡人不谙寒梅，只知岸畔上的迎春花该是含苞欲放了。故乡也没有红豆，南国生红豆，那血珠一样圆润鲜艳的荚果最相思，过客曾采撷不少，苦于送谁，只好为自己留作存念而渐渐散失了。渭城的朝雨还不到时令，春雪洋洋洒洒了一场足有半尺厚，可不，这茱萸片的对面山间还雪迹莹莹，柳色还未睁开青青的芽眼。过客西来，王维也许还是劝酒不舍，道不尽的故人情。

村西南一条乡野小径，说是王维的宫槐陌，蹄印辙迹却是刚刚烙下的。陌上走过了千年的日月。阡陌的尽头，便是关上，一块巨石雄峙村头，后世人在石上筑一小庙，即王维的临湖亭所在。关上村，就是王维山水诗中的孟城坳，传说王维的胞弟王缙曾住在这里。《辋川集》中的头一首诗就是《孟城坳》，王维作为新家搬至孟城坳，却可叹这里只有疏落的古木和枯萎的老树。过客思量，许是诗人的心疏落了，衰败凋零的是一片心境。自然界的草木由盛至衰，原本也是悲哀的事情。衰也可以转盛，是吗？"来者复为谁，空悲昔有人。"诗人在为自己的悲哀排解。也就是说，王维在这里安家是暂时的，以后来往的还不知是谁，前人拥有过盛景，诗人何以为昔人而悲呢？

一千多年后的过客来了，又何必去为王维的辋川而伤感？

是王维在为宋之问而发感叹，荒芜的孟城坳游动着宋氏客死异乡的灵魂。宋氏的由盛而衰由得宠到失意，是古来许多文人的命运。李林甫擅权，张九龄罢相。这使王维带着深刻的失望和忧虑退隐辋川的。"后之视之，亦犹今之视昔，悲夫！"空悲，乃之大悲，潜隐于心底的痛苦，最为深沉。无法消释的沉郁和幽愤，永远地种植在了孟城坳。过客眼前的孟城坳，雪痕处处，然而阳光灿烂，麦芽已透出新绿，预示着一年的最后一个季节即将过去，又一年的第一个季节已从地气中泛了上来。

南坨北坨间的欹湖，在今日的关上村和支家湾之间。没见大片的湖面，哪里去寻泛舟湖上的王维？盛产大米的支家湾，竹子并未绝种，王维竹里馆的竹子一直长到了今天。这片诗中的盛景，已被今人迁至西安。南大雁塔东侧的春晓园，木屋被簇拥在竹篁中，幽径从中穿过，只是难以碰到天上有月亮。幽深的一片密竹林子，独坐一翁，弹琴复长啸，是安闲自得么？是尘虑皆空么？人不知，月相照，想必是一种无可奈何的情形。生活在诗里固然是美景，而生活本身并不都是诗画。王维终究是作古了，就埋在前面的白家坪的台地间。王维是孝子，王维死后躺在母亲坟墓边上，完成了生与死的离合过程。过客没找见坟西水边的那方古石，听说它表面光滑，四角有孔，是一切都逝去之后唯一不灭的遗物。

飞云山上的鹿苑寺早逝去了。笃信佛教的王维把这里的重峦叠嶂和满山松柏留给了今人，这恐怕是好风水的缘故。河床改了道，钓鱼台空悬着。干涸的旧河床无水更无鱼。王维的钓鱼台不是姜太公的钓鱼台，所以不被历史所熟识。寺前的一株古老的文杏，是标识，是见证。文杏粗约五抱；树干的道劲胜于冠的茂密，越冬的树叶有几片仍挣扎着滞留在枝梢上，舞成了几只苍苍的蝶。传说文杏是王维手植，成了辋川不多见的代表性遗物。文杏活着，也许还可耐过若干岁月。过客仰望着，眺望着，遥望着，也是一种相望。文杏被望成了王维，望成了唐诗，望成了古今之际的一缕和音。

鹿苑寺东有椒园，西有漆园，北有栗园，如今元椒无漆无栗。王维死了，今人或种庄稼或盖房子或让它荒芜着。如果刻意复制历史，本质上是徒劳的，何必去怨天尤人？不去找王维的栾家濑了，时下不逢秋雨，也就没有适时的浅浅溜泻，白鹭也只能飞翔在遐思之中。也不必去寻王维的白石滩了，绿蒲不大鲜嫩，明月下也不会遇到浣纱的女子。也别再去觅王维的辛夷坞，芙蓉花的红萼不开在一片残雪里，涧户也许进山扛木头了，犬吠仍是千年前的声调。既然王维自喻为微官，而非傲吏，漆园已非王维的漆园，那诸如鸟鸣涧的风景，柴扉旁的送别图，田园的乐曲，皆物是人非，又在哪里去辨认王维的辋川二十景呢？

从某种意义上说，辋川是王维的，也不是王维的。辋川是王维的异乡。他曾离开生养他的蒲州乡土，西来长安谋取功名。繁华的帝都对年轻士子以诱惑，而茫茫人海中的游子是孤子无亲的。即使功成名就，后来隐居于这辋川山水间，终未摆脱游子的心境。遁入佛界的王维，也许以为尘世上的历程也是游子的意味。他曾作《陇西行》，曾谱塞上曲，咏叹长安少年，叙述老将节操，也吟青溪水，也唱桃源行，走渭川，过夷门，登终南，归嵩山，拜谒香积寺，泛舟汉江上，之后又如何闲居这辋川别墅。独坐悲双鬓，哀叹时光的不可挽留。一个人，就是这样在岁月的无情流逝中走向老病去世。灯烛雨声，落果秋虫，万物有生必有灭，人及万物生命短促，而大自然是永存的，辋川是永存的。

天色垂暮，过客匆匆归来，又陷入茫茫的长安都市的万千灯火之中。辋川的游历，似乎是一场梦，但不甘它是梦，想让梦凝在唐诗的铅字里，流泻在方格内。且又弄不明白了王维的辋川是王维的还是和谷的。

《西北军事文学》1992年第3期

皇一朝一背一影

HUANGCHAOBEIYING

柳公权的状元生涯

柳公权的状元生涯

　　笔者曾寻访柳公权的故居，当地人的说法是崖畔上的一处荒草凄迷的窑院。一棵传说为柳公权手植的皂角树，尽管树冠不大，粗壮且中空的树干足以说明它的树龄已越千年。

　　柳氏先祖在隋朝初年离别河东，选择在京兆渭河支流的华原一带落籍，远离喧嚣的都城，有田野的自然景象，当然也是相对安全的处所。从而，华原柳氏伴随隋唐时代的风起云涌，显或隐，延续了近五百年之久。

　　柳公权出生这一年，唐代宗大历十三年（778），是一个朝政衰微而文豪辈出的特殊年份。此年，书法家颜真卿七十岁，文学家韩愈十一岁，白居易、刘禹锡七岁，柳宗元六岁。

　　等到少年柳公权略晓世事，就与稍有见识的长兄柳公绰开始谈论农耕时令之外的大事，一知半解地纵横古今，捭阖国情民意。在华原做过县令的武元衡，曾让少年时代的柳氏兄弟为之羡慕。武元衡为武则天曾侄孙，二十六岁时参加科举考试，位列进士榜首。此时柳公权才六岁，长他十三岁柳公绰应制举，登贤良方正、直言极谏科，授秘书省校书郎。二十多年后，柳公权也做了状元，在漫长的科举道路上，武元衡不失为幼年柳公权的一个榜样。

柳公权墓全景

从小就接受了柳氏世家血脉的承传，家风家教的耳濡目染，使柳公权自幼便偏爱于汉字，嗜于写毛笔字。至于当地民间口口相传下来的故事，说父亲怎么教儿子照剑和刀的样子写"人"字，货郎老头用软塌塌的豆腐脑儿恶评童子柳公权的歪字，残疾人"字画汤"如何用脚写得一"手"好字，不曾见诸正史，可能是仰慕柳氏书法的后人添盐加醋杜撰出来的，却或多或少透露出一些信息，是说柳公权并非书法小天才，而是后天的勤奋苦练出来的。

官至丹州刺史的父亲柳子温，受科举制度对童蒙教育的影响，家法非常严厉。所谓柳子温家法："常合苦参、黄连、熊胆和为丸，赐子弟永夜习学含之，以资勤苦。"唐人好学，争相科举入仕。柳氏家庭更是严格要求子弟努力读书,成为栋梁之材。到二十八岁时，柳公权似乎还没有多大惊人的出息，在科举场上似乎是运气不佳，屡试不第。唐宪宗元和元年（806），京兆华原学子柳公权出人意料，如同一匹黑马，在人头攒动的考生人群中脱颖而出，经科考登进士科、博学宏词科，为状元。

在一个风和日丽的清晨，当朝状元柳公权从长安城南的柳府骑马北去，穿过熙熙攘攘的闹市，衣冠楚楚地进入大明宫入仕为官，授秘书省校书郎，正九品上。从此，擅长书艺的柳公权，几乎一直围绕在皇帝宝座周围，体悟了一个个帝国王朝诸多事物的变幻莫测和人世间的寒暑冷暖。

终于有了一份安身立命的公差，整天出入于大明宫的皇家宫殿，披阅典籍书牍，柳公权俨然成了不乏饱学的文化人物。平时骑马回到柳府，与年迈的父母及兄嫂、侄儿们一起团聚，抑或自己也应该有了妻室儿女，尽享天伦，其乐融融。

作为当朝状元的士人刚入仕，柳公权所任的校书郎，亦是唐代基层文官之一。校书郎一职虽显清要，却是微官一个，往往是士人踏上仕途的首任官职。对于柳公权来说，从校书郎起家，确实是一个良好的升迁起点，虽然处于官员阶层的低层，但是俸禄的供给还是比较稳定的。但在此位置上呆得久了，理想和现实的矛盾，也常常会引发内心不安于现状或不满于才高位卑的惆怅之感。

兄长柳公绰担任京兆尹后，母亲崔氏因年事高迈谢世。柳氏兄弟一同去职，回到了久别的华原柳家原家中为母亲守丧，亦称丁忧。树欲静而风不止，子欲养而亲不待，使柳公权顿觉人生之匆促，不知不觉中也已踏入不惑之年，在仕途上也还是一个默默无闻的校书郎而已。在这一点上，也难免有一些自责，羞于启齿似的有愧于已经故去的老母亲。想到这里，也不由得潸然泪下，泣不成声。

这年十月，柳州大云寺复建，邀请他书写《柳州复大云寺记》碑，又有机会施展了一番自己的书法造诣。碑文撰文者乃柳宗元，祖籍河东的二柳在此相遇，实在是千载难逢之幸事。若按辈分，柳宗元得称柳公权为叔父。叔侄二人也许在长安有过不多的交往，但在千里之外的异乡相见，他乡遇故知，一起追忆河东柳氏宗亲的来龙去脉，叙说宦海沉浮的往事，自然倍感亲切，也不无伤感与宽慰。贞元九年,柳宗元考中进士，与朝中一些激进派推动改革，最终失败后遭贬南方。此碑文，代表了柳公权早年书法风貌，显示了其潜在的书法才能。对于革新派的"二王刘柳"的仕途命运，他有自己的公正理解，同情加之气不忿儿，只是把立场深藏于内心。

到了唐宪宗元和十四年五月，柳公权再也无法忍受一待就是十三年之久的校书郎公职，厌倦了宫廷里沉重而压抑的气氛，决意离开长安城，到塞外的广袤天地中长长地喘一口气也好。已经四十二岁的柳公权，被兄长柳公绰的朋友李听辟为幕僚、掌书记、判官，正八品上。柳公权叹曰：不到夏州，不识王维"大漠孤烟直，长河落日圆"之诗意何在。苍茫漠野，空旷而有风骨，书艺之事可效法也。滴水成冰，朔风呼啸，柳公权躲在夏州城的官衙里，挨过了异常寒冷的塞上的冬天，期待春日暖阳照在他时任判官的书案上。

在边地夏州待了近一年后，柳公权于这一年春暖花开之际奉命入京奏事，却让他的人生命运有了一个重大转机。是说新任皇帝唐穆宗曾经巡游时，在一座佛寺院里见过柳公权写的字，也算书法内行的皇上心里十分喜爱，很想见一见作者，在一起谈论书艺。听说此人从夏州南下来朝廷办事，已经回长安来了，唐穆宗就让他前来大明宫一叙。三月二十三日，唐穆宗召见柳公权，曰："朕于佛寺见卿笔札，思见卿久矣"。于是，穆宗便把被冷落多年的书法才子柳公权留在身边，做了右拾遗，负责给皇上提建议。之后做了侍书学士并入翰林院，朝臣们皆呼为国珍，即国宝一个。

一日，天气尚好。身为侍书学士即皇上书法老师的柳公权正在整理书帖，一听得皇上的动静，连忙备好笔墨。

穆宗说，颜体规整一些，临摹起来需要耐心，一笔一画稍不到位就不成样子，反而让人败兴。挑来捡去，还是王佑军的字临起来舒畅，照猫画虎，尽管临不出三分像，倒也一时图个心手两爽。

柳公权道：圣上的笔墨耐看，结体尚好，笔势也不差，如果一定要挑毛病的话，是在笔法、笔意上还没有完全到位。

柳公权心平气静，书写了与穆宗写的同样几个字，几乎与王羲之的字迹不差分毫，使穆宗打心眼里钦佩老师的笔墨功力，便问：你的字怎么能写得这么好？

柳公权道：用笔在乎心地，心正笔法就正了。

柳公权所遵行的"笔正"，也正是基于被广泛接受的颜真卿书法的端正庄重，笔力雄健，又气象浑厚，而适时提出的书法之根本要素。"帝改容，悟其以笔谏也。"此乃一说。

为表达内心答谢之意，一时兴起，以潇洒隽永之笔触书写了《蒙诏贴》："公权蒙诏，出守翰林，职在闲冷。亲情嘱托，谁肯响应，深察感幸，公权呈。"此墨本字形长短宽窄不一，或断或连，构成章法上的和谐。

书写《金刚经》时，柳公权已经四十七岁。书作刻为横石，共十二块，每行十一字，立于京兆西明寺。原石毁于宋，唯一唐拓本1908年发现于甘肃敦煌莫高窟藏经洞，现藏巴黎博物馆。《金刚经》为柳书早期代表作，连作者自己也禁不住为此得意，其下笔精严不苟，笔道瘦挺遒劲而含姿媚。"柳骨"于此可初识，而柳集众书于此亦可知。

唐敬宗宝历元年，柳公权有了一个去苏州游历的机会，与白居易相聚。二人说到柳公权的家乡京兆华原，白居易说：我欣赏过华原磬，还写了一首诗，开头是："华原磬，华原磬，古人不听今人听"。登罢齐云楼，颇有兴致的柳公权应该是作了一首诗的，却未有遗存，不然不会有白居易的和诗《和柳公权登齐云楼》曰：楼外春晴百鸟鸣，楼中春酒美人倾……

唐文宗即位，大和二年三月十日，五十一岁的起居郎柳公权见任司封员外郎，从六品上。《送梨帖》曾经被误为唐太宗书，后由柳公权鉴别题签为王献之书。是年五月二十一日，奉诏二入翰林院，充侍书学士。七月，应承书《涅盘和尚碑》，武翊黄撰文，立于洪州。大和五年七月十五日，五十四岁的柳公权又一次出翰林院，升迁为右司郎中，继之兵部郎中、弘文馆学士。

这年夏日的一天，文宗处理完朝政，想风雅一番，便与擅于诗书的柳公权及一群学士们在殿内联句作诗。文宗吟诵出首联：人皆苦炎热，我爱夏日长。柳公权缓缓吟道：熏风自南来，殿阁生微凉。并在墙壁上挥洒笔墨，文宗赞叹说：钟繇、王羲之再生，也超不过啊！

又一年二月，柳公权从幸大明宫应制作诗。文宗说：过去赐给边兵的服装，常常不能及时下发，现在二月里就把春衣发放完毕了，爱卿应当赋诗一首才是。柳公权当即口占一首五言绝句：去岁虽无战，今年未得归。皇恩何以报，春日得春衣。文宗感叹道：子建七步，尔乃三焉。

唐文宗开成三年，柳公权转工部侍郎，累迁学士承旨。四月十一日，当君臣说到汉文帝很俭朴时，文宗举起自己的衣袖有意自夸说：这件衣裳已经洗过三次了，它现在还穿在我的身上。在一片恭维声中，唯独柳公权神情严肃地说：陛下，您作为天子，此等细微小事固然是值得称道的美德，但

《玄秘塔碑》（局部）

如今最重要的事，是圣上要选用那些有才德的人，罢免那些没有才德的人，要奖惩分明，才是天子最宝贵的美德呀！柳公权忠正直言，匡求失误，大都和这件事一样。

柳公权在六十岁以前政治上不得意，之后"恩宠日增"，所谓"人缘书贵"与"书因人重"是相辅相成的。此间，书《冯宿碑》《阴符经序》《罗公碑》《柳尊师志》，用硬瘦来矫正肥厚之失，研究出新的书法风格。

柳公权《福林寺戒塔铭》（局部）

唐文宗开成四年，书《山南西道驿路记》，刘禹锡撰文，立于兴元即今汉中。

唐武宗会昌元年，柳公权在集贤院学士、判院事任上，向皇上呈"年衰帖"，曰："公权年衰才劣，昨蒙恩放出翰林，守以闲冷，亲情嘱托，谁肯响应，惟深察。公权敬白。"此帖笔势往来，如用铁丝纠缠，诚得古人用笔意。是年，书《玄秘塔碑》，裴休撰文，立于京兆，现存西安碑林。碑刻气势恢宏，运笔遒劲有力，字体学颜出欧，别构新意。会昌三年，六十有六，为右散骑常侍充集贤院学士、判院事，奉旨书《神策军碑》。所书之字端庄森严，苍劲精练，书法结构严整，体现柳体楷书骨骼开张、平稳匀称的特点。会昌四年，为太子詹事，书《金刚经》，立于京兆。

唐宣宗大中元年，在太子东宫缮书《商於驿路记》，韦琮撰文，李商隐篆额，立于商州即今陕西商洛。大中十二年，八十有一，时任工部尚书、太子少师。正月一日，代表文武百官向圣上恭贺新年，一时唇舌含混，将"和武光孝"误读为"光武和孝"。御史照例弹劾，罚了柳公权一季俸禄。"世讥公权不能退身自止"，其不能克遵典礼，老而受辱，人多惜之。到晚年，隐居于鹳鹊谷。

八十有三，从孙蓝田尉柳珪擢右拾遗，"或以不能事父，有司驳还其制"。不顾年迈体弱，偕侄子柳仲郢为之讼枉。八十有七，书《魏谟碑》，令狐绹撰文，立于凤翔，此乃一生书写的最后一通碑文。

唐懿宗咸通六年（865），八十八岁的柳公权长眠于京兆长安宅弟。

柳公权一生创作书法作品无计，有明确记载的有九十四件，其中碑铭六十二件，墓志六件，题跋二件，题额三件，贴札十五件。留存至今的有二十余件，其中碑刻十件。其诗作《全唐诗》仅录六首，其中三首为应制之作。为别人撰写碑文数篇，另有一篇《小说旧闻记》。

柳公权用心书法，不贪钱财，甚至超脱于世俗生活的一切。他为人书写了那么多碑志，所得润笔极丰，却视钱财宝物为粪土。与人交往的开放与心扉的紧闭，使其书法结体形成了四周舒放、中宫紧闭、壁垒森严的特色。书艺散发出超逸的禅味，如后人所说，如深山道士，修养已成，神气清健，无一点尘俗。

一部中国书法史，如果没有柳公权，必定黯然失色。范仲淹云：延年之笔，颜筋柳骨。"骨"是指字刚猛有力，气势雄强。颜、柳并称，比较两人显著特点是：颜书筋肉较多也并非无骨，也重骨力；柳书露骨较著，但也并非无肉，仅是趋于瘦削而已，特重骨法。

柳公权的所谓风骨，就是不傍不倚、不趋不鹜的独立与自由。书法是汉字的舞姿，摇曳的是书法家的心性，也是时代的精神气象。

正派，是柳书的品质，它以不变应万变，使多少时尚的变体花招都如同过眼烟云。它是一种正美，不是邪美。它是一种华美，不是丑陋之美。它是硬朗的美，不是柔软之美。它是雄媚兼得之美，不是有阳无阴或有阴无阳的美。它是站在前辈巨人的肩上显示个性的大美，不是无源之水的盲目张扬个性一味孤芳自赏的私美。文如其人，书如其人，古来如此。

柳公权墓，位于今铜川市耀州区关庄镇让义村北约一公里处的原畔上。唐朝的最后一个书者，还在石头的背后等候后来者。

2019年处暑于三爻

皇一朝一背一影

HUANGCHAOBEIYING

东方帝王谷最后一座陵墓

关中平原，八百里沃野，渭河在这里一跃而出。渭河北岸，从西面的乾县到东面的蒲城县，一字排开大唐帝国18座帝陵，继续向南，11座西汉帝陵横卧咸阳原。

东方帝王谷的中国古代帝王陵寝，是伫立在关中大地的历史博物馆，展示着中国古文明的盛世光芒。

靖陵是唐十八陵中年代最晚的一座。

迄今为止，靖陵是唯一一座进行了考古发掘的唐代帝王陵墓，也是除了明万历皇帝的定陵外，第二座被考古发掘的中国皇帝陵园。相比于祖辈的陵园，靖陵的气势显然衰微了太多，然而毕竟头顶帝王陵寝的光环。20世纪90年代，这里竟7次被盗，最严重的一次发生在1994年12月30日夜里，盗墓贼使用了定向炸药，硬生生炸开一个深达16米的盗洞。

这一声炸响，让文物部门做出了抢救性挖掘靖陵的决定。1995年初，经陕西省文物局批准，由当时还是陕西省文物考古研究所的专家们主持，对靖陵进行了全面的考古发掘。

考古队员们打开墓门，进入墓道，那个深达16米的盗洞触目惊心地映入了考古队员的视野。

墓中壁画只剩原来的三分之一，壁画无论是内容还是笔法，与已经出土的那些盛唐壁画完全无法相比。墓室内东西散乱，文物已被严重破坏，艺术价值和文物价值乏善可陈，唯有一些刻字的玉片，让考古队员们觉得珍贵。经过整理研究发现，这正是唐代开始出现的玉哀册，也就是帝王下葬时诵读的哀悼文，上面的文字佐证了墓主人的身份：唐末倒数第三个皇帝——唐僖宗李儇。

那么，掩埋在墓室淤泥中的那几块人骨，或许就属于这位皇帝或者是他的皇后。唐僖宗的棺木早已腐朽，而他所用的棺床上竟然也有刻字！这些字并不难辨认，很快，人们就辨认出了上面的字迹。可是，辨认之后，所有的考古队员几乎都出现了片刻的沉默，唯有唏嘘声回响在墓室。

僖宗的棺床竟然是由乾陵的陪葬墓中尚书左仆射豆卢钦望和左仆射杨再思的墓碑改做成的。考古人员推测可能是当时国库实在空虚，工匠只好就地取材。

堂堂的大唐天子，竟用前人的陪葬墓石碑做棺床，这是怎样的一种悲哀！

从乾陵到靖陵，相距不到数里地，时间跨度不过两百来年，唐王朝竟到了如此山穷水尽的地步！

即使荒嬉如唐僖宗，他的格局和眼光也曾被人赞叹。

成书于公元916年的阿拉伯古文献《中国印度见闻录》中记载了这样一个故事：唐僖宗在朝堂之上，曾经接见过一位名叫伊本·瓦哈卜的阿拉伯阿拔斯王朝巴士拉城的商人。唐僖宗很关注阿拉伯人对于世界各国的君主及其国力强弱的评论，他希望从商人那里得到答案，然而商人不知道该如何回答。唐僖宗于是将自己的想法告诉了他，唐僖宗说：世界上的诸位君主，我只重视5个。第一就是阿拉伯阿拔斯王朝的国主，阿拔斯疆土广大，其余的王国都围绕着它，它的国主是"王中之王"；第二就是我国皇帝，是世界上最善于治国的君主，君臣关系和谐，臣民对皇帝的忠诚是任何国家所不能比拟的，是"人类之王"；第三是"狮子王"，就是突厥国王；第四是"象王"，印度王，也称为"智慧之王"；第五是拜占庭王，我们称他是"美男之王"，因为世界上的男子都不如拜占庭的英俊。这五王是世界诸王中的佼佼者，其他君主都无法与之相提并论。

这段文字有可能因为是阿拉伯人所记载，为迎合本国国民的心理，改了顺序。不过这段对话反映了唐人对世界的了解。

在阿拉伯商人的眼中，唐僖宗是一个聪明、睿智、好

学、知识渊博而且温文尔雅的君主，与中国历史对他的评价
颇有出入。究其原因，应该是在唐僖宗的身后，整个大唐的
国家气魄托起了他。唐王朝长期奉行对外开放政策，积极开
展域外探索，从而带来全新的对于世界的认知理念。

伊斯兰教的创始人穆罕默德，用《古兰经》鼓励他的门
徒说："为了追求知识，虽远在中国，也应该去。"从公元
651年唐高宗时代开始，阿拉伯便遣使与唐朝通好，在此后的
148年间，终唐一朝，共计来使39次。大批阿拉伯商人来华经
商，他们中的很多人在中国定居落户，长安、洛阳、扬州、
广州、泉州，到处都有他们的足迹。公元848年，唐宣宗大中
二年，阿拉伯商人的后裔李彦生在长安高中进士，成为一时
佳话。

公元651年，当阿拉伯人遣使与唐朝交好时，曾经强盛一
时的萨珊波斯王朝落下了帷幕。它的最后一个国王被阿拉伯
人杀死于磨坊之内，波斯王子卑路斯于是开始逃亡生涯。他
想到的求助对象，是东方更为强大的唐朝。

公元661年，卑路斯遣使向唐朝求援，唐高宗派特使进入
中亚，于今日阿富汗境内成立波斯都督府，册封卑路斯为波
斯王。后来，在阿拉伯军队的不断逼迫下，卑路斯沿着丝绸

之路一路东逃，最后抵达长安，强大的盛唐在自己的国土上给了他庇护。大唐皇帝封他为右威卫将军，准许他在醴泉坊成立波斯胡寺，作为流亡的波斯人聚会之所。

卑路斯最后死于长安，他的塑像永久陪伴于大唐皇帝陵旁，他的子孙则承袭了"波斯王"的封号。大唐用包容的中华文化和仁者之心先是给了波斯人国际援助，后又给了亡国的波斯人安宁的家园。

而波斯人则将自己制造金银器的技艺和音乐、舞蹈艺术输送给了大唐。

法门寺出土的一些茶具上都刻有"五哥"的字样，这是唐僖宗幼时在宫中的爱称，这些精美的皇家用品属于唐僖宗个人所有。

公元874年，唐僖宗刚登上皇位，即遵从父亲的遗命，将佛指舍利奉还给法门寺，并遵照佛教的最高仪轨，用上千件皇家珍宝在法门寺地宫完成了举世无双的地下礼佛仪式。

唐朝既能以自身之强散发出强大辐射力，又能因自身发展的需要而产生巨大的包容力。外来文化与中国传统文化互相融合，为唐人插上了想象力和创造力的翅膀。

国宝级文物鎏金双狮纹银碗采用了在碗壁上以锤揲技术制作出凹凸纹样的手法，这种方法在中亚、西亚乃至地中海沿岸都十分流行，是西方古老的文化传统。而银碗中双狮的对称布局，又符合中国传统审美的均衡对称要求，狮口所含折枝花以及用作碗体装饰的如意云头纹，也是典型的中国传统纹样。这件文物是一件典型的中西合璧之作。

出土于西安何家村的近千件金银器，其中以金筐宝钿团花纹金杯最引人注目。金筐宝钿团花纹金杯，是对萨珊式金银器的模仿和改造。所谓"金筐宝钿"，考古学家们在法门寺出土的物帐碑中得到了确切答案：指在器物表面焊接由金丝编成的外框及细密的金珠，再镶嵌以宝石。

当年何家村遗宝的主人、专门负责征收租庸调税的官员刘震遭逢泾原兵变，唐德宗出逃至今日的乾县，刘震在仓皇之中将宝物埋于地下。1970年何家村遗宝出土时，金杯上的宝石尽失，我们只能面对它玲珑的造型、精美的做工想象它当年的盛世姿容。

狩猎纹高足银杯是受拜占庭器物形制影响的艺术精品。狩猎图所占面积仅有4厘米左右，场面却波澜壮阔，追逐的马、逃跑的野猪等四蹄全部成水平状张开，它们都在以极限的速度飞驰。人物的衣着纹饰、面目五官都十分清晰，骏马奔跑的肌肉变化、缰绳、鞍鞯，甚至杏树的叶子·都刻画得惟妙惟肖。

中国古人喝酒不用高脚杯，夏商周时期用爵，汉晋时用耳杯，隋唐以后则多用碗。高足杯是希腊、罗马的传统，而缠枝花卉和狩猎图案则是中国人的审美喜好。

唐代，完成了金银器制造的中国化进程。

《明皇杂录》和《旧唐书》记载，唐玄宗曾命人训练专门用来跳舞的马，称为"舞马"，共100匹。每逢兴庆宫宴会，舞马作为压轴表演于黄昏时登场，乐师奏响《倾杯乐》，30匹骏马昂首甩尾，按照节拍纵横舞动。唐人诗云："更有衔杯终宴曲，垂头掉尾醉如泥。"千百年来，人们对此诗的争论从未停止：可以衔住酒杯的舞马，是真实的吗？

陕西历史博物馆共珍藏18件国宝级文物，其中有两件从不出境展览，鎏金舞马衔杯银壶就是其中之一。

壶体扁圆的形制来自契丹，金银锤揲技术来自波斯。唐人大胆地借鉴着外族的精彩，结合自己的优势，为我们留下这样一件旷世绝美之作。

最令人惊叹的是，这两匹鎏金骏马虽然颈系飘带，口衔酒杯蹲坐于地，一派为人表演的姿势，却无半点谄媚。其睥睨的眼神和健硕的身姿是如此优雅，似乎在告诉我们，是盛唐的雍容气度造就了如此从容自得、怡然快乐的神情。

假如你穿越到唐朝的长安街头，你会看到妇女身披仿自印度的披肩，头戴仿制萨珊波斯的头饰；男子戴胡帽，蹬胡靴；繁华的街市上随处唱响着胡乐。来自西域的琵琶是唐人最主要的演奏乐器，来自拜占庭的拂林舞、来自中亚石国的柘枝舞为唐人所热爱。

还有声名远播的胡腾舞和胡旋舞，"中有太真外禄山，二人最道能胡旋"。不但唐人"人人学圆转"，长安的大街小巷更是常见异邦人的身影。"胡旋女，胡旋女，心应弦，手应鼓"，"柘家美人尤多娇，公子王孙忽忘还"。带着飞鹰和芙蓉剑的侠客，千娇百媚的仕女，妖童和宝马，昆仑奴和新罗婢，在长安的大道上你来我往。

这里还是各大宗教和谐并存的热土，本土的道教，由印度传来的佛教，从西方流入的摩尼教、祆教、伊斯兰教和景教，大家各携信众，各行其道，在盛世长安讲信修睦，其乐融融。"北堂夜夜人如月，南陌朝朝骑似云"，这就是唐时的长安城，世界各地的人们带着世界各地的风情物产，聚集在这里，玉辇纵横，金鞭络绎，"万国衣冠拜冕旒"。

这就是盛世的长安城，一个最能代表盛唐气象的地方。

现在，这里依旧繁荣，不过，它的名字变成了西安。

"买东西"一词来源于唐长安城的集市——东市和西市。唐时，东西两市是最大的商业设施与机构，东市为达官贵人服务，西市是大众市场，是国际商贸中心。每天天明时，街鼓擂响300声，坊市开启。

象征人类文明标志的中国城市，由氏族聚落的城堡开始，于盛唐的长安城达到高峰，长安，成为享誉世界的国际大都市，是中国封建帝都理想的完美"京样"。

长安城不仅仅影响了中国城市的布局发展，其影响更是远至海外。

当我们东出蓝色大海，便会遇到一个文明地带——日本。与中国隔海相望的日本，深受中华古文明的影响和浸润。美丽的奈良古城，就是仿照隋唐长安城建造而成的，面积约相当于长安城的四分之一。公元710年到794年，大致相当于唐玄宗时期，奈良是日本的国都，被称为"平城京"。

盛时，平城京城中人口达一二十万。贵族宅邸、役所、寺院等建筑物有着红色柱子、雪白墙壁，屋顶则盖有瓦，与长安城建筑风格相似。

高松冢位于奈良县高市郡明日香村，古称桧隈，四周分布有天皇陵。1970年在那里考古发现的7世纪后期壁画，受到唐代文化的影响，其中人物群像图与陕西唐永泰公主墓壁画非常相似，其丰腴的体态、垂落的裙裾，仿若唐朝宫廷仕女。高松冢古坟壁画被日本政府定为国宝。

正仓院，位于奈良东大寺大佛殿西北面，始建于8世纪后半叶，是联合国教科文组织1998年公布的世界文化遗产古奈良的历史遗迹的一部分。正仓院收藏有诸多宝物，主要来源有从唐代传入日本的中华精致文物、西域文物和奈良时代模仿或创造之物。其中一件螺钿紫檀五弦琵琶的纹饰中绘有一个骑在骆驼上的乐手，展示了丝路中国西北风光。还有来自中国唐代非常盛行的横刀。

日本第五十二代天皇爱慕汉学，在国内大力推行唐化政策，从礼仪、服饰、殿堂建筑一直到生活方式都模仿得惟妙惟肖，他本人在诗书音律上也有相当的造诣。其派出的遣唐使曾参与唐德宗崇陵的修建，而崇陵修于嵯峨山上，因此日本天皇改称嵯峨天皇，且京都的一座山也改名为嵯峨山。

公元593年，圣德太子摄政后，初步确立中央集权制和皇权中心思想，削弱了氏姓贵族奴隶主的保守势力。640年，圣德太子派到中国留学多年的高向玄理、留学僧南渊请安归国，他们将隋唐的封建统治制度和思想文化带回日本并传授给皇室贵族，为日本封建化提供了思想基础。在此基础上，645年，日本发生了一场以学习模仿中国政治经济制度为内容的社会政治变革运动——大化革新。藤原不比等于大宝元年（701）编成《大宝律令》，最后完成大化改新，实现了以开元盛世的唐朝为楷模的天皇制国家的理想。

唐朝以博大宽厚的气度和谦虚诚恳的心态，同世界各国所进行的经济文化交流，其规模、层次和力度都堪称中国古代之最，大唐文明也因此显示出强烈的世界性。

唐僖宗原来并不叫李儇，而叫李俨。

在《说文》中，"俨"是昂首之义，《尔雅》中解释为恭敬庄重的样子。当年李俨还未满12岁，他的父亲唐懿宗眼看就要一命呜呼了，中唐以来势力逐渐壮大的宦官们，担心自己在新皇帝面前没有功劳，索性杀害了唐懿宗已经成年的长子，拥立体弱的少年、唐懿宗第五个皇子李俨即位。

从此李俨改名为李儇。

俨，《说文》释义为敏慧。《荀子》中"儇"为美丽轻佻浅薄之义。是12岁的孩子自己要改名，还是宦官们主持改名？历史没有留给我们更多的细节，只是令人感慨的是，李俨成为李儇后，他的秉性和命运就朝着其名字所寓意的方向而去了。

唐僖宗确实天资过人。他遗传了李唐王室多才多艺的特性，骑射、剑槊、法算、音乐、围棋，无一不熟，无一不精。尤其是马球，更是百分之一百地迷恋，而且技艺高超。他曾经不无得意地对身边的优伶说："朕若参加击球进士科考试，应该能中状元。"优伶回答："若是遇到尧舜这样的贤君做礼部侍郎主考，恐怕陛下会被责难而落选。"优伶并没有因为这个回答而受到责罚，贪玩的小皇帝并非残暴的君主，他一笑了之，继续自己的骑马打球之乐，国事和政事则全部交给了自小伺候他的宦官田令孜。此时的大唐早已不比往日。

"国有九破，陛下知之乎？""今天下苍生，凡有八苦，陛下知之乎？"唐僖宗的父亲唐懿宗在位时，翰林学士刘允章曾写下《直谏书》，历数国家的9种弊端、黎民百姓的8种苦难。当时的社会，终年兵乱；蛮夷搅扰；豪族僭越；大将不朝；大建佛寺；官吏残暴，行贿受贿，但食君禄却不上缴国税；老百姓赋税沉重，有冤无人理，有屈无处伸，有病不得医，有死不得葬。

到了唐僖宗时期，朝廷大员朋党相争，宦官专权，藩镇割据的流弊愈演愈烈，而小皇帝只有嬉戏游乐的天赋，却无治国理政之才，更没有励精图治的理想。

终于，在小皇帝的玩闹中，王仙芝和黄巢的农民起义先后爆发了。声势浩大的农民军攻克洛阳，直捣长安。

公元880年，18岁的李儇只得随着田令孜仓皇出逃，成为继玄宗后又一位避难四川的唐朝皇帝。4年之后，黄巢在唐朝各边疆节度使的联合打击下，兵败自尽。唐僖宗终于可以重返长安。

然而这时，唐朝200多年的基业已经不复旧貌，再难恢复元气了。黄巢起义后，唐朝的时局岌岌可危。藩镇割据更甚，朝廷已无力控制，太监与地方豪强争权夺利，动乱频仍。

李儇12岁登基，在位15年，经历两次大规模农民起义，历时10年。后又遭遇长安襄王称帝事件，历时两年，这一事件让李儇第二次出逃长安。当他再一次重返长安时，自幼体弱的李儇终于倒下了。

公元888年，李儇暴崩于武德殿，年仅27岁。9个月后，他就被草草安葬于靖陵：就地起封土为墓，用前朝大臣的墓碑做石棺，没有任何陪葬墓。

靖陵，只是为整座东方帝王谷注上了一个时间的节点，它是整座帝王谷的最后一个皇帝陵。它再也没有依山为陵的大唐气势了，甚至都无法仔细斟酌选址——它西距乾陵只有4.5公里。相对于乾陵，靖陵显得那么渺小可悲，它极不相称地依附在乾陵身边，似乎在可怜巴巴地向祖先乞怜。强烈的反差，仿佛在吹奏一曲晚唐的悲歌。

李儇死后的第十六个年头，唐王朝也走到了历史的尽头。然而，大唐的赫赫声威却持续影响着这片土地上的人们。

人们知道，唐代是繁荣鼎盛、物华天宝的时代。唐人崇尚厚葬，奇珍异宝满藏地下，就是地上陵园也有着恢宏的气度。雄伟瑰丽的自然风貌，那些高山巨石所呈现出的磅礴气势，无不吸引着后人的注意。

黄巢成为唐帝陵的第一个强劲破坏者。他占领长安后，带领军队光天化日之下大肆劫掠唐帝陵，至今在乾陵仍能看见他率人挖掘的一条长约1公里的沟，当地人称之为"黄巢沟"。

五代十国的后梁人温韬，是唐帝陵令人发指的最大盗墓贼。在担任耀州节度使的7年时间里，温韬挖掘了关中十八陵中除乾陵外的17座帝陵，敛取陵中金银珠宝难以尽数。

宋代开始，统治者开始恢复唐帝陵的原貌。其后的各个朝代都对唐帝陵加以保护，现在我们看到的唐帝陵碑，都是清乾隆时陕西巡抚毕沅所立并亲笔题写碑文。

关中唐代帝陵是唐文明的承载者，是盛唐气象的物化代表。然而，因为文物考古的科学真义，我们现在无法对帝陵进行考古探索，除了仅有的针对靖陵进行的抢救性挖掘，其他帝陵都按历史的原样封存。

缔造大唐盛世的君主们，如今都静静地躺在崇山峻岭之中，躺在层层封土之下，他们的无限荣光，我们还能去哪里找寻？

靖陵，是大唐盛世落幕的一曲挽歌。

唐十八陵踏勘记

2017年8月21日

（1）桥陵，唐睿宗李旦陵墓。

开元四年（726）建陵。桥陵依山为陵，蒲城县坡头镇安王村北丰山南坡，封内周长16千米。

唐睿宗李旦（662—716），唐高宗李治第八子，武则天幼子，唐中宗李显同母弟。初封殷墟王，遥领冀州大都督。一生两度登基，三让天下，在位8年。传位于子李隆基，称太上皇，居5年去世，享年55岁。

关中唐陵分布图(线图)

　　宽阔平整的田原，等待白露后播种又一料冬小麦，一排石人石马在阡陌间守望者。苍凉，悲壮，千年之间，唯有土地不老。

　　（2）泰陵，唐玄宗李隆基陵基。

　　广德元年（763）建陵。泰陵依山为陵，位于蒲城县东北15公里处金粟山西峰尖山之阳，封内周长38千米。

唐玄宗李隆基（685—762），唐朝在位最久的皇帝，唐睿宗李旦第三子，母窦德妃。庙号"玄宗"，亦称为"唐明皇"。

　　从西安出发，先抵蒲城县唐让帝惠陵，此陵不在唐十八陵之列，亦宏大壮观。解说者是一老者，口若悬河，很吸引游客。至玄宗泰陵，石砌神道与金粟山之间是一条曲曲弯弯的土路，河流一样从北到南，由细小到宽阔，直扑眼帘。华表雄起，翼马屹立，无头的石人凝固。从路旁草丛中捡得一枚三角瓦片，也许是唐朝的遗物，霓裳羽衣如今化作泥土，唐朝的背影已经远去。

8月22日

　　（1）景陵，唐宪宗李纯陵墓。

　　元和十五年（820）建陵。景陵依山为陵，位于蒲城县三合乡义龙村北金帜山，封内周长20千米。

　　唐宪宗李纯（778—820），唐德宗李适之孙、唐顺宗李诵长子，唐代第十二位皇帝。在位时勤勉政事，力图中兴，从而取得元和削藩的巨大成果，并重振中央政府的威望，史称"元和中兴"。

（2）光陵，唐穆宗李恒陵墓。

长庆四年（824）建陵。光陵依山为陵，位于蒲城县翔村镇光陵村尧山上，封内周长20千米。

唐穆宗李恒（795—824），宪宗第三子。即位后耽于宴游，不以国事为意，因击毬致病，不理朝政。宦官王守澄与宰相李逢吉相勾结，专制国事，势倾朝野，政治腐败。后服金丹致死。

远远站在村口眺望，陵山如黛，土路尽头隐于草木间。华表断裂，躺在干旱的玉米地畔。高大雄伟的翼马脚下，一垄芝麻在开花敛籽，一缕香风掠过。

（3）定陵，唐中宗李显陵墓。

景云元年（710）建陵。定陵依山为陵，位于富平县宫里镇三凤村北凤凰山之阳，封内周长20千米。

唐中宗李显（656—710），唐朝第四位皇帝，唐高宗李治第七子，武则天第三子，两度在位。弘道元年即皇帝位，皇太后武则天临朝称制。光宅元年被废为庐陵王，先后迁于均州、房州等地。圣历二年召还洛阳复立为皇太子，神龙元年复位。终年55岁。

神道为梯形田地，长满花椒树。土崖下保留有一孔土窑洞，花格粗布门帘，有庄稼人量晴校雨的乡音传出。远处田地上，矗立着石人的背影，近处土坎上放置一个银光闪闪的铝合金小碗，里边清水晶莹透明，土坎下是一对摘椒的农村夫妇。

（4）元陵，唐代宗李豫陵墓。

大历十四年（779）建陵。元陵依山为陵，位于富平县庄里镇中山村陵里组檀山之阳，封内周长20千米。

唐代宗李豫（727—779），唐肃宗长子。马嵬之变后随肃宗北上，任兵马大元帅，统率诸将收复两京。安史之乱结束，大唐开始走向衰落。后吐蕃占领首都长安15日，唐代宗为求暂时安定，大封节度使，造成了藩镇割据，朝廷政治经济进一步恶化。

做农活的农用车在土路上驶过，他们对游客投以欣喜的目光，意思是什么时候这里也成为旅游胜地了，农民希望不再面朝黄土背朝天，种庄稼苦哇。一尊无头石像倚着一棵老柿树，似在阳光灿烂的秋日里乘凉。

（5）丰陵，唐顺宗李诵陵墓。

元和元年（806）建陵。丰陵依山为陵，位于富平县曹村乡前村北金瓮山之阳，封内周长20千米。

唐顺宗李诵（761—806），唐德宗李适长子。唐德宗驾崩后继位。同年八月，被迫传位给太子李纯，自称太上皇，次年驾崩。

暴雨如注，在陵前躲雨时，随机进入一院落。老人九十有五，有点驼背，仍身康体健，是一位老中医。院落宽绰，果木可人，抬眼屋顶上即是金瓮山之巅的佳景。神道在土崖山坡间，石刻多埋于地下。少时天晴，观柿子博物馆，此地盛产柿饼，远销日本、韩国。

手记道：登临马家坡，曹村回首望。房东九旬翁，中医正坐堂。屋后虎头山，埋着唐皇上。石榴和柿子，雨后泛秋光。

8月23日

（1）章陵，唐文宗李昂陵墓。

开成五年（840）建陵。章陵依山为陵，位于富平县齐村乡支沟村天乳山之阳，封内周长20千米。

唐文宗李昂（809—840），唐穆宗李恒第二子，唐敬宗之弟，母贞献皇后萧氏。登基时年仅18岁，在位14年，执政期间政治黑暗，官员和宦竖争斗不断，是唐朝社会走向没落的时期，形同傀儡，抑郁而终，享年32岁。

（2）简陵，唐懿宗李漼陵墓。

咸通十四年（873）建陵。简陵依山为陵，位于富平县庄里镇山西村紫金山之阳，封内周长20千米。

唐懿宗李漼（833—873），唐宪宗李纯之孙，唐宣宗李忱长子，母曰元昭皇后晁氏。宣宗病死后，被宦官迎立为帝。在位14年，终年41岁。

（3）庄陵，唐敬宗李湛陵墓。

大和元年（827）建陵。庄陵堆土成陵，位于三原县柴窑村东南5公里处，封内周长20千米。

唐敬宗李湛（809—826），唐穆宗长子。父亲穆宗逝世，即位柩前，时年十六。即位后奢侈荒淫，沉迷击鞠，喜欢半夜在宫中捉狐狸。宦官王守澄把持朝政，勾结权臣李逢吉排斥异己，败坏纲纪，导致官府工匠突起暴动攻入宫廷事件。后为宦官刘克明等人杀害，终年18岁。

土丘柏树苍翠，旁边有小型广场，碑石高矗，沿土丘四周是铺设的便道，呈圆形，有专家建议改为方形便道，与封土的形制相和谐。

（4）端陵，唐武宗李炎陵墓。

会昌六年（846）建陵。端陵堆土成陵，位于三原县徐木乡桃沟村，封内周长20千米。

唐武宗李炎（814—846），唐穆宗第五子，文宗弟。文宗病重，仇士良、鱼弘志矫诏废皇太子，立李瀍为皇太弟。同月文宗去世，李瀍即位，次年改元会昌，会昌六年下诏改名为炎。任用李德裕为相，对唐朝后期的弊政进行改革。崇信道教，下令拆毁佛寺，扩大了政府税源，巩固了中央集权，史称"会昌中兴"。

碑石立在荒草中，边上是庄稼地。

（5）献陵，唐高祖李渊。

贞观九年（635）建陵。献陵堆土成陵，位于三原县徐木乡水合村与富平县南庄南里村，封内周长10千米。

唐高祖李渊（566—635），陇西成纪人，唐朝开国皇帝。出身于北周贵族家庭，7岁袭封唐国公。隋末天下大乱时，乘势从太原起兵，攻占长安，接受其所立的隋恭帝的禅让而称帝，建立唐朝，定都长安，并逐步消灭各地割据势力，统一全国。玄武门之变后，退位称太上皇，禅位于儿子李世民。贞观九年病逝。

游人可以登上小土丘，四望平坦辽阔的田畴。荒草中的石碑前，有一条游人踩出的小径。文管所的小院落内有史迹介绍，墙角有残石块。

手记道：一天跑遍五座陵，穿越唐朝千百年。艳阳秋风今又是，天上何曾胜人间。

8月24日

（1）崇陵，唐德宗李适陵墓。

永贞元年（805）建陵。崇陵依山为陵，位于泾阳县安吴镇蒙家沟村北嵯峨山之阳，封内周长20千米。

唐德宗李适（742—805），唐代宗李豫长子。在位前期信用文武百官，严禁宦官干政，泾原兵变后放弃了以往的观念。执政后期，委任宦官为禁军统帅，战时在全国范围内增收间架、茶叶等杂税，导致民怨日深。在位26年，终年63岁。

一匹翼马，在蓬勃的酸枣刺丛中跃起，背后是陵山与蓝天上飘浮的白云。似乎云凝固了，马欲腾飞。

（2）贞陵，唐宣宗李忱陵墓。

咸通元年（860）建陵。贞陵依山为陵，位于泾阳县兴隆镇崔黄村北仲山南麓，封内周长60千米。

唐宣宗李忱（810—859），唐宪宗李纯第十三子，穆宗李恒异母弟。唐武宗死后，以皇太叔的身份为宦官马元贽等所立，在位13年。勤于政事，孜孜求治，整顿吏治，并且限制皇亲和宦官。击败吐蕃，收复河湟，安定塞北，平定安南。其性明察沉断，用法无私，从谏如流，重惜官赏，恭谨节俭，惠爱民物，人谓"小太宗"。享年49岁。

旷野上有棉花地，正开粉白的花。石像散落于秋田中，有的被结满酸枣的刺和蒿草所簇拥。可远望一头狮子在青纱帐里仰起头颅，对天咆哮。

（3）昭陵，唐太宗李世民陵墓。

贞观十年（636）建陵。昭陵依山为陵，位于礼泉县东北九嵕山，封内周长60千米。

唐太宗李世民（598—649），唐高祖李渊和窦皇后的次子，唐朝第二位皇帝。少年从军，曾去雁门关营救隋炀帝。唐朝建立后，官居尚书令、右武侯大将军，受封为秦国公，后晋封为秦王，在唐朝建立与统一中立下赫赫战功。武德九年（626）发动玄武门之变，杀死自己的兄长太子李建成、齐王李元吉及二人诸子，被立为太子，唐高祖李渊不久退位，李世民即位，改元贞观。在位期间，听取群臣意见，对内以文治天下，虚心纳谏，厉行节约，劝课农桑，使百姓休养生息，国泰民安，开创了贞观之治；对外开疆拓土，被尊称为"天可汗"。贞观二十三年（649）因病驾崩于含风殿，享年52岁。

车辆盘旋而上，抵后山景地，有山门遗址和六骏石刻造像。北边沟壑纵横，雾霭浩渺。

（4）建陵，唐肃宗李亨陵墓。

宝应元年（762）建陵。建陵依山为陵，位于礼泉县建陵镇东南武将山南麓，封内周长20千米。

唐肃宗李亨（711—762），唐玄宗第三子，开元二十六年（738）被立为太子。安史之乱爆发后，与玄宗、杨贵妃仓皇逃往成都。行经马嵬驿，军士哗变，杀死杨国忠，并逼迫玄宗赐死杨贵妃。安史之乱爆发第二年即位，尊玄宗为太上皇。在位6年，享年51岁。

千年神道，竟然化成一道沟壑，石人石马隔沟相望，在不同高度的田坎上伫立着。旅游道路正在修建，村人向过往车辆致意。

8月25日

（1）靖陵，唐僖宗李儇陵墓。

文德元年（888）建陵。靖陵堆土成陵，位于乾县阳峪镇南陵村东北，封内周长20千米。

唐僖宗李儇（862—888），唐懿宗第五子，12岁即位，是唐朝即位年龄最小的皇帝，在位15年，享年27岁。

土丘光秃秃的，四周是刚刚深耕过的田地。有一老一少在艳阳下的田地上打土块。石像被囚在开满野花的铁栅栏内，土路上开摩托车的村人和步行的女人小孩，见有游人车辆，一派喧哗。

（2）乾陵，唐高宗李治与武则天陵墓。

文明元年（684）建陵。乾陵依山为陵，位于乾县城北6公里处梁山上，封内周长40千米。

唐高宗李治（628—683），唐太宗李世民第九子，其母为文德顺圣皇后长孙氏。唐太宗去世，高宗即位。在位期间，重视发展农业，勤于政事，故而"百姓阜安，有贞观之遗风"。显庆五年（660）以后，经常头晕目眩，影响处理政务，武则天开始参与国家大事，政权向武则天手中转移的趋势逐步形成。在位34年，终年55岁。

正逢周五，游人如织。多年间数次到访此地，乃唐十八陵中影响最大的陵地。

皇朝背影

HUANGCHAOBEIYING

后记

今年酷暑的时候，朱鸿约我做向导，去老家金锁关踏勘古遗址，与文友于希民同行。驱车于山原沟壑间的路上，约定了这本集子的编辑出版意向。

《皇朝背影》是一本文史专题散文著作，内容主要是作者多年踏勘黄帝陵、周陵、秦陵、汉陵到唐十八陵的田野笔记和相关散文作品组成，体例笔法不一，从话题来说似乎也归于主题。数千年文明史的遗迹，在几十年间一路走过，实在是走马观花，难窥全豹。哪怕是匆匆一回眸，回望中华文化传统的点滴遗存，也许会给新时代文明进程以延续根脉的资源与精神原动力。

从文学写作来讲，二十世纪八十年代游历的文字还能捡得起来，不胜自喜。那些情景如在眼前，又让人不禁慨叹时光的匆促与漫长。帝王死后的归宿称为陵，芸芸众生灰飞烟灭，化为无处寻觅的泥土，而大自然和天地不老，生生不息。这便是这个世界的定律与真理。

皇陵之陵，是值得仰慕的，是耐读的一部大书。

2019年11月21日于三爻清凉山居